Le Détective

Du même auteur

Romans

Ma Nuit avec Miss Monde, Stock, 1981.
Ordo, Stock, 1983.
Le Dernier misogyne, Stock, 1984.
Jeune homme assis dans la neige, Barrault, 1985.
Le Salon, Barrault, 1986.
Cher Patrick, Barrault, 1987.
Le Défunt libertin, Barrault, 1989.
Le Compositeur, Flammarion, 1992.
La Nuit sera chienne, Zulma, 1993. Pocket, 1994 et 2008.
Autopsie d'un biographe, Zulma, 1995.
Le Château de Béla Bartok, Zulma, 1995.
Le Tueur du cinq du mois, Gallimard, Série Noire, 1997.
TEA, Zulma, 1997.
Ramon, Zulma, 1998.
Tigresses, Zulma, 1999.
L'Ingénieur du silence, Zulma, 2000.
Meurtres païens, La Nuée Bleue, 2001.
Le Violoniste, Zulma, 2005.
Mozart, c'est moi, Zulma, 2006.
Chair, La Musardine, 2007.
Noir Goncourt, Anabet, 2010.
Virtuoses, Serge Safran, 2012.
Le jeune homme qui voulait ralentir la vie, Serge Safran, 2014.

Récits et nouvelles

Notre Peur de chaque jour, Bourgois, 1980.
La Prise de Genève, Bueb et Reumaux, 1980. Zulma, 2000.
Mes Vies américaines, Zulma, 2003.
En Alsace avec Florine, dessins de Florine Asch, La Nuée Bleue, 2004.
La Cathédrale disparue, J.P. Bayol, 2010.
Nobel oblige et *On est mal*, Émoticourt éditions, 2012.

Essais

Qui a peur de Derrida, Anabet, 2008.

(Jean-Marie Geng)

Information Mystification, Epi, 1973.
Censures, Epi, 1975.
Les Mauvaises pensées d'un travailleur social, Seuil, 1977.
Points, 1980 et 1988.
L'Illustre inconnu, Bourgois, 10/18, 1978.

Max Genève

Le Détective

Dix enquêtes de Simon Rose

Collection

Les enquêtes rhénanes

J'affirme que le monde n'est que l'association des coquins contre les gens de bien, des plus vils contre les plus nobles.

Giacomo Leopardi

Simon Rose détective

Ce n'était peut-être pas la meilleure idée pour Simon Rose d'embrasser – oh, du bout des lèvres – la carrière de détective privé. Grand, svelte, plutôt bel homme, il dort plus que la moyenne. Couche-tôt et lève-tard, c'est embêtant quand on est censé s'adonner à l'austère discipline de l'investigation policière.

Simon a longtemps vécu chez sa mère, une paroissienne des beaux quartiers et aime à flâner au volant de Béatrice, sa Volkswagen décapotable, ou à se prélasser dans quelque flaque de soleil avec un bon livre. Son éducation chrétienne ne lui interdit pas les rencontres galantes quand elles se trouvent.

Sa figure peu éveillée lui donne parfois l'air d'un aimable idiot. Son psychanalyste, un ancien jésuite, prétend qu'en accordant une confiance sans limite à la vertu éclaircissante du sommeil, Simon prouve au contraire une intelligence supérieure. Il n'a donc aucune chance d'entrer dans la police.

La série des enquêtes de Simon Rose comprend huit numéros : sept romans et un recueil de dix nouvelles. On peut espérer le cycle clos, mais sait-on jamais ?

Caveau de famille

1

C'est comme dans un cauchemar, mais ce n'est pas un cauchemar. Les trois salopards qui l'ont coincé à la sortie de Villejuif sous une pluie battante se sont chargés de le réveiller à coups de poing et de pied, et maintenant ils sont en train de l'enterrer vivant. Qui a bien pu leur raconter que c'est là sa plus grande terreur ? Il a dû en parler à Joussely, son analyste, peut-être aussi à l'une ou l'autre amie sur le coin de l'oreiller. Confidence fatale ? Mais non, pure coïncidence, ils ne peuvent pas savoir.

L'obsession est telle que Simon a écrit sur un bristol de petit format, épinglé au-dessus de son bureau, bien en vue : « En cas de mort naturelle, accidentelle ou criminelle, prière de bien vouloir se saisir du Beretta dans le tiroir de droite et me tirer une balle dans la tempe », et ce n'est pas une blague. C'est la crainte, assez partagée, d'être cru mort alors qu'on ne l'est pas.

Tout autre est la situation présente : on l'enterre vivant en le sachant vivant. Après l'avoir tabassé et trimballé dans le coffre d'une vieille berline pourrie – Rose a reconnu au bruit du moteur et malgré l'obscurité un modèle de BMW déjà ancien –, ils l'ont conduit dans ce cimetière désert de la banlieue sud, retabassé et jeté dans une tombe fraîchement creusée à l'intention d'un nouvel occupant, officiel celui-là, qui doit selon toute vraisemblance prendre possession des lieux dans la matinée du lendemain.

Ce qui lui a sauvé la mise jusqu'ici est le degré d'ébriété avancée de ses agresseurs. Les coups qu'il a encaissés n'ont pas eu d'effet irrémédiable, il reste lucide. Les trois tarés ont cherché à le dévêtir, il s'est démené tant et si bien qu'ils ont lâché prise, se contentant de lui arracher la veste avec son portefeuille. On lui a même laissé ses chaussures.

Il bouge, remue les jambes et le torse tant qu'il peut pendant que, pelletée après pelletée, les autres remplissent la fosse. Le terrible, plus que le noir total qui se fait autour de lui ou la difficulté croissante de respirer, le terrible est qu'il sent sous ses reins quelque chose de ferme et de stable, un fond rocheux dur comme du granit : l'espoir d'aménager en se débattant, à l'insu de ses adversaires, une petite cavité devient absurde. Au bout d'un certain temps, la masse de terre finira par l'écraser comme une presse inflexible et sûre qui va lui briser la cage thoracique.

Le détective se sent partir, la sensation d'étouffement est plus intense, la mort s'insinue en lui, un goût de glaise dans la bouche, à quoi bon résister – et voilà que le sol se dérobe d'un coup, tout craque sous lui, et cette vive douleur dans le dos qui le poigne. Il est tombé plus bas, de plusieurs mètres lui semble-t-il. Il parvient à rouler sur le côté, évitant les paquets de terre qui continuent de se déverser. Cavité, oui, mais de quelle nature ? Caveau, caverne, galerie, il n'en sait fichtre rien, mais la tenaille se relâche, il y a de l'air, on respire. Un peu plus, il hurlerait de joie, se retient à cause des autres qui braillent là-haut.

Il se souvient avoir glissé dans une poche de son pantalon une boîte d'allumettes qui porte l'adresse du restaurant où il a dîné la veille. La première s'enflamme pour s'éteindre aussitôt, l'humidité. Il en craque une deuxième, c'est la bonne, elle éclaire l'endroit quelques instants. Il en a vu assez : un caveau vide, sans doute plus ancien, sans cercueil ni tête de mort, et qui se prolonge devant lui par un boyau étroit. Il en rallume une troisième, mais n'a pas le temps de se repérer, les pieds, puis les jambes de l'un de ses agresseurs, peut-être moins saoul que les autres, apparaissent dans le trou. Il l'entend qui gueule :

— Il est sûrement sous l'éboulement, mais je préfère vérifier. Vous pouvez me lâcher.

L'homme roule lourdement sur le tas de terre, et c'est quand il glisse vers lui que Simon l'accueille en frappant au jugé avec un éclat de roche sur lequel sa main s'est refermée. Le premier coup a dû porter car la victime émet un grognement sourd et ne réagit plus dès le second. Rose reste immobile un instant, tous les sens en éveil. Quelque chose de tiède et d'humide lui poisse la paume, il s'essuie sur la veste de l'assaillant, puis fouille ses poches.

Le type possède un briquet. La faible lueur que le détective en tire lui permet de constater qu'il l'a assommé. Qu'il saigne du nez signifie qu'il a quelque chance de persévérer dans l'être. Le boyau, très court, fait communiquer deux tombes, Simon rampe et se retrouve dans un caveau plus vaste qui comprend deux niches superposées de chaque côté d'un couloir central. Trois cercueils occupent trois des quatre emplacements.

Rose n'a aucune envie de faire le quatrième, mais comment sortir ? Quand il s'approche de la dalle qui condamne l'entrée, la flamme du briquet s'éteint. Dehors, ce qui reste de la bande s'agite. L'un des deux crie :

— Mais qu'est-ce qu'il fout, le Pierrot ? Réponds, bordel. On va pas passer la nuit dans ce trou !

Pierrot est le frère d'un certain Robert Meyzier qu'un hasard malencontreux a mis sur sa route dix-huit mois auparavant. Sur les coups de trois heures du matin, Simon roule tranquillement sur le périphérique au volant de Béatrice quand il s'aperçoit que le voyant rouge de sa jauge d'essence clignote. Il sort porte d'Orléans et se dirige vers une station ouverte la nuit. Il n'est pas le seul client. L'autre est en train de braquer le pompiste avec un fusil à pompe Remington douze millimètres. N'écoutant que son courage qui lui commande de rester à distance, Rose se baisse et à propos : Meyzier se croit menacé et lui tire dessus sans prévenir, la vitrine explose. Cavalant à quatre pattes derrière un assortiment de bidons d'huile, Rose fonce sur le truand, lui attrape les jambes, tous deux s'étalent, le pompiste donne l'alerte. Cinq minutes après, la police est là et cueille notre homme, désarmé. Le lendemain, la photo du détective fait la une du *Parisien*.

Et voilà comment, un an et demi après les faits, amené à témoigner au procès d'assises, Simon est abordé le soir même par trois individus qui le contraignent, en agitant sous son nez un vieux Smith & Wesson six coups, à monter dans leur voiture.

C'est un mince courant d'air qui a soufflé la flamme du briquet. Conclusion : la dalle qui bouche l'entrée du caveau n'est pas hermétique, ce que Simon vérifie à tâtons en promenant l'index sur l'arête mal cimentée. Mais quand il tente de la débloquer d'un coup d'épaule, elle ne bouge pas. Pas la solution, aucune prise, il faut essayer autre chose. Couché sur le dos, il ramène les jambes pliées en arrière, les genoux à hauteur du menton pour un maximum de puissance, lance avec rage ses talons à l'assaut de la dalle qui cède aussitôt avec un boucan à réveiller les morts.

Pas le temps d'admirer le travail ni de goûter au plaisir retrouvé de l'air libre, Simon jaillit de la tombe et court comme un dératé sur l'allée que l'averse a rendue glissante vers le premier monument funéraire venu pour s'y mettre à l'abri. Surpris par la brusque résurrection de leur victime, les copains de Pierrot n'ont pas réagi tout de suite, mais la chasse ne va pas tarder.

— Tu l'as repéré ? Je vois rien, moi.

— Si, il est là, derrière la statue en marbre.

Ils approchent, celui qui tient le Smith & Wesson tire à tout hasard dans sa direction, arrache une aile à l'ange pensif qui veille sur lui. Plié en deux, et pas de rire, on peut le croire, Rose court le long d'une rangée de tombes tout en comptant les balles. L'autre taré a encore fait feu à deux reprises, six moins trois, reste trois. Il reprend son souffle, dissimulé derrière une minuscule chapelle, n'en mène pas large. Heureusement, la pluie redouble de violence.

Le tireur est peut-être ivre, mais une balle perdue est si vite attrapée. À mon fils chéri. À l'ami, au collègue regretté. À l'agent privé de recherches Simon Rose, sincères condoléances et particulièrement, si, j'y tiens, du commissaire divisionnaire Venturini. Légion d'honneur à titre posthume ? Non, pas pour un privé. Regrets éternels et belle jambe assurée.

— Où il est ? J'le vois plus.

— Laisse tomber. T'as vu un peu, l'Pierrot, d'où qu'il sort !

— Putain, la gueule, j'veux pas le croire. Comment qu'il t'a arrangé le portrait, l'aut'salaud !

— T'occupe, passe-moi le flingue. Il est caché quelque part, magnez-vous, bordel, il doit pas sortir d'ici.

Une vraie voix d'outre-tombe, le Pierrot. Incroyable, la vitesse à laquelle les salopards se refont une santé. Et ça ne rigole pas. Simon se redresse, s'engage sur une allée de gravillons qui doit mener à la sortie, se met à courir, trébuche en se tordant la cheville, s'étale dans une flaque au moment où une quatrième balle lui siffle à l'oreille. Trempé comme une soupe, il rampe vers une tombe, se met à l'abri. Vive douleur au pied gauche, on a évité l'entorse de justesse. Le mur d'enceinte n'est pas loin, mais les autres l'ont repéré et entendent le lui faire savoir. Une cinquième balle ricoche sur du marbre, brise un crucifix, doux Jésus.

Le détective reprend sa course dans le noir, à cloche-pied pour soulager sa cheville, de tombe en tombe se relève et retombe. Pierrot se rapproche, le bougre est nyctalope ou quoi ? Il est tout près maintenant, Rose l'entend qui halète à quelques pas. Il tente un vieux truc, jette une poignée de gravillons dans sa direction. Bingo, l'abruti a tiré. Sa dernière balle. Simon a pu le situer, a l'avantage de la surprise et lui tombe dessus. Les deux hommes roulent à terre, deuxième round. Rose a le dessus, mais pas moyen de lui faire lâcher son arme.

— Pierrot, où que t'es ? On arrive.

Ah, la belle solidarité des crapules, ses comparses vont lui prêter main-forte. Seul contre trois, il n'est pas de taille. Mieux vaut filer. Simon se hâte le long du mur d'enceinte trop haut pour être escaladé et qui n'en finit pas. Les grilles enfin, la sortie, le parking – dommage qu'il n'ait pas le temps de leur crever un pneu –, la route qui longe la tranchée du RER.

Il traverse, prend la direction de Bourg-la-Reine. On dirait que ses poursuivants ont abandonné. Une voiture arrive à grande vitesse, indifférente à ses signaux de détresse. Il grelotte, et la pluie qui n'arrête pas. Il y a des jours comme ça où Dieu hait le monde – le monde le lui rend bien – se déverse rageusement sur tout, et tu peux toujours courir. Ce que Rose fait depuis un bout de temps, en évitant de presser sur son pied gauche. De rares véhicules le dépassent, il n'a plus que le geste réflexe de l'autostoppeur, le pouce levé sans se retourner.

Enfin une voiture qui ralentit. Il se méfie, c'est peut-être la BM du sinistre trio de tarés ?

C'est. Le conducteur au dernier instant écrase le champignon pour lui foncer dessus, Rose a la présence d'esprit de se jeter sur le côté, la BM le dépasse, pile, entame une marche arrière. Bien sûr, le Pierrot aura rechargé son pistolet. Avant que la voiture n'arrive sur lui, il se laisse rouler sur la pente raide qui descend vers les rails, obscurité totale, il se reçoit le ballast en pleine figure.

Un moment après (impossible de savoir combien de temps il est resté allongé, à demi assommé), il se relève péniblement. On n'y voit pas à un mètre. C'est sa chance, ses adversaires auront renoncé. La pluie, elle, n'a pas renoncé, qui continue de tomber à verse.

Il avance au jugé, sur l'étroit sentier qui borde le ballast. S'étale plus d'une fois, après avoir heurté une pierre ou un bout de tôle. Une rame du RER qui se pointe à vive allure le fait se jeter sur la pente du talus. Il se relève, s'obstine, se remet en marche comme un automate. Il se surprend à penser : quel boulot de chien ! Non, même pas, rien à voir avec le boulot. Il ne gagnera pas un centime cette nuit. Un geste gratuit et citoyen, tu parles, qu'avait-il à se mêler de ce braquage minable ? L'autre a eu le tort de l'allumer. Cette courageuse colère, il l'aura payée cher.

Huit cent mètres, deux kilomètres ? Il se sent incapable d'évaluer la distance parcourue, mais le fait est que des lumières devant lui annoncent une station proche. La Croix-de-Berny, sur la ligne B. L'horloge indique minuit vingt-cinq. Il attrapera le dernier train. À part deux jeunes gens enlacés, les quais sont déserts des deux côtés. Il lui faut traverser la voie pour rejoindre la direction de Paris. Les amoureux n'ont pas l'air rassuré quand ils aperçoivent ce zombie mouillé, aux vêtements couverts de terre et de sang qui émerge du brouillard.

Le RER arrive, presque vide. Un grand noir à lunettes, plongé dans la lecture d'un magazine, est le seul occupant du wagon qu'il choisit. Le couple est prudemment monté dans une autre voiture. Les stations défilent, Parc de Sceaux, Bourg-la-Reine, Bagneux. L'autre passager lève les yeux, le fixe une seconde d'un air effaré pour se replonger aussi sec dans sa lecture. Ce ne sera pas simple de trouver un taxi qui l'embarque à Luxembourg, se dit Simon qui lutte contre le sommeil.

Une main s'abat sur son épaule. Pas question de dormir. Il n'a pas besoin de se retourner, il sait qui c'est. Plus la force ni l'envie de résister. Pourtant, ils ne sont que deux cette fois. Le troisième doit suivre en voiture. Ils s'installent sur la banquette en face et rigolent comme après une bonne farce. Pierrot, aussi crotté que lui, l'arme au poing, le fixe d'un air faussement désolé. L'autre, un petit trapu à grosse tête et appendice nasal enflé, se mouche de la main gauche et s'essuie sur le pantalon du détective.

— Escuse, j'ai le rhume. T'es vraiment le roi des cons, toi ! T'aurais joué le jeu, tu t'en tirais avec une solide raclée. Pas vrai, Pierrot ?

Son comparse approche le canon du pistolet de la bouche du détective.

— Bien sûr, tu penses. On l'aurait sorti de la fosse, la vedette. Là, monsieur a voulu finasser. Résultat : on est obligé de le finir. On aurait l'air de quoi, sinon ?

Simon n'en mène pas large, mais constate que le passager s'est levé en silence. Les deux truands ont fait l'erreur de lui tourner le dos. Sans même se consulter du regard, Rose et son allié de circonstance agissent de concert. Tandis que celui-ci immobilise le bras de Pierrot, d'une clef impeccable qui projette l'arme à terre, Rose se dresse et lance son genou de toutes ses forces dans la figure de l'autre, dont le nez se met à pisser le sang. D'un coup de pied, il balance le pistolet hors de portée du malfrat qu'il gratifie d'un formidable coup de poing en pleine mâchoire.

— Comme ça, y aura pas de jaloux, dit le Noir qui attrape dans son blouson une paire de menottes et attache le poignet de l'un au poignet de l'autre. Quand je pense que j'ai fini mon service, c'est vraiment de la déformation professionnelle !

Le policier se présente.

— Simon Rose, dit le détective en serrant la main qui se tend.

— J'me disais bien. Je vous ai vu à la télé. Seigneur, ils vous ont plutôt abîmé.

Un portable surgit comme par enchantement dans sa main droite. Il compose le 17.

— Lieutenant Boissol du commissariat de Saint-Mandé. Y a eu du grabuge sur le RER B, en direction de Paris. Situation sous contrôle. On arrive à Gentilly. Pouvez envoyer un fourgon, j'ai deux colis à livrer.

À deux heures du matin, un véhicule de la police ramène Rose rue de Bourgogne. Sa mère n'en revient pas.

— Mon Dieu mais qu'est-ce que tu as encore fabriqué ? Tu as vu l'état dans lequel tu t'es mis ? Moi, pendant ce temps, je me suis fait un sang d'encre.

Simon l'écarte doucement pour rejoindre sa chambre. Trop fatigué pour s'expliquer.

— Demain, m'man.

2

Nuit de plomb, il croyait encore sentir sur sa poitrine le poids du tombereau de terre qui s'était déversé dans la fosse. Et dans sa bouche ce goût de sable humide qui persistait. Un sommeil noir, qui n'avait rien de réparateur, était tombé sur lui comme un vol de corbeaux sur un peuplier, il y sombra sans réserve.

Au réveil, tard dans la matinée, les membres engourdis, il eut le plus grand mal à se mettre debout et à se diriger vers la cuisine. Il lui semblait que tout son corps n'était qu'une longue plainte. Le miroir du couloir lui renvoya son reflet qui le fit sursauter malgré lui : une tête à faire peur, la gueule tuméfiée d'un habitué des bastons d'après danser.

Sa mère était sortie pour les courses. Une chance, l'idée de devoir s'expliquer le fatiguait d'avance. Mais comme toujours, madame Rose avait tout préparé pour son petit-déjeuner qu'il avala de bon appétit à l'heure où les gens normaux finissent de déjeuner. Requinqué, il se fit couler un bain où il s'immergea avec volupté.

Il se laissait aller, gagné par une sorte de stupeur bienfaisante, quand brusquement une pensée dérangeante se forma dans un coin de son cerveau. Ce n'était pas tout à fait une pensée, quelque chose de clair et d'ordonné, plutôt une image brouillée, un signal difficile à identifier. Cela provenait du cimetière de la veille, précisément du caveau où il avait séjourné quelques instants contre son gré.

Quelqu'un devait être enterré ce jour même dans la tombe fraîchement creusée qui communiquait avec le caveau. Oui, et alors ? Alors le doute s'était installé dans son esprit et ce doute, Simon savait qu'il ne le dissiperait qu'en allant vérifier sur place.

Il n'était pas loin de quatorze heures. Le détective avait rendez-vous avec Joussely, son analyste, mais pas la tête à verbaliser, comme disait l'ancien jésuite, son mal-être ordinaire. Il laissa un message sur son répondeur. Après tout, c'était lui le client. Béatrice était au garage, rue Oudinot. Il sauta dans un taxi, puis dans la vieille Coccinelle qui démarra au quart de tour. Circulation fluide après la porte d'Orléans, il n'était pas trois heures quand il se gara devant l'entrée du cimetière d'Antony.

De jour, l'endroit lui parut moins vaste que cette nuit. Moins sinistre aussi, et surtout moins mouillé. Simon reconnut le mur, la grille du portail, mais il ne serait pas facile de retrouver la fosse où la bande de truands avait voulu l'ensevelir.

Un convoi funèbre arrivait en roulant au pas et s'engagea dans l'allée centrale. En tête, transportant la dépouille, venait un immense break noir de marque américaine. Celui-ci précédait cinq fourgons qui croulaient sous les couronnes mortuaires. Une vingtaine de personnes, la plupart d'une élégance voyante, marchaient en silence, visages fermés. Un instant, tout le monde marqua une pause, le temps pour le prêtre, vêtu à l'ancienne et qui courait derrière eux en soulevant le bas de sa soutane, de les rejoindre.

Le détective observait le spectacle et s'aperçut qu'il n'était pas seul. Non loin de lui, postés dans une allée latérale et lui tournant le dos, deux hommes suivaient la scène avec attention. Il s'approcha et fut tout surpris de se trouver nez à nez avec le commissaire Venturini qui s'était retourné.

— Par exemple, Rose ! Qu'est-ce que vous fichez là ? Ne me dites pas que vous travailliez pour ce loustic.

Simon eut un geste de vibrante dénégation.

— Je ne sais même pas qui on enterre, dit-il à voix basse.

Il ajouta pour tenter de contrer l'incrédulité rigolarde des deux policiers :

— Je ne suis pas non plus là par hasard. J'ai failli y rester, cette nuit, oui, ici, dans ce cimetière, mais ce serait trop long à raconter. Alors, c'est qui, le type ?

— Jean-Noël Grandchamp. Vous connaissez, je suppose. Il est un peu tard pour les présentations. Suicidé aux barbituriques, enfin Rose, vous lisez les journaux, ou quoi ?

Bien sûr qu'il connaissait Gandchamp. Le PDG de la banque Latham avait ruiné des milliers de petits porteurs, il y avait quelques années, Simon ne savait plus trop comment. L'homme avait fait de la prison ferme. Grand séducteur en dépit de sa petite taille et de son visage simiesque, brillant causeur, lié à d'éminentes personnalités politiques, très répandu dans les milieux de la mode et du cinéma, on le voyait souvent, entouré de jolies femmes, parader à la télévision avec son éternel nœud-papillon et son fume-cigarettes. Apparemment, ses nombreux anciens amis avaient oublié cette relation encombrante.

Le cortège s'était arrêté, les véhicules stationnaient sur l'allée centrale tandis que le petit groupe des proches du défunt s'avançait vers une tombe que, malgré la distance et le ballet des employés des pompes funèbres chargés des couronnes et arrangements floraux, le détective reconnut aussitôt. Sa prémonition matinale se vérifiait bel et bien.

Devait-il en toucher un mot au commissaire ? Celui-ci avait la tête ailleurs. Sans aucune gêne et sans chercher à se dissimuler, le policier avait sorti une paire de jumelles et scrutait le faciès de chacun des présents, en égrenant une suite de noms que son collaborateur notait au fur et à mesure sur un calepin.

— Tout le gratin est là, dit Venturini. Froment, ses cinq ans à la Santé lui ont plutôt réussi question tour de taille, Baldato naturellement, tiens, monsieur Kaninsky, je le croyais encore au trou, Vieuxtemps et madame, les frères Grossatto. Pour savoir ce qu'un type comme Grandchamp avait dans le ventre, il suffit de détailler la liste de ses amis.

Il rangea ses jumelles et ajouta, en regardant fixement Simon Rose :

— M'est avis que le juge Parant n'en a pas fini avec ce dossier. Bon Dieu, mais qui vous arrangé comme ça ? Une mauvaise chute dans l'escalier sans doute ?

— Je vous raconterai, dit Rose. Vous ne voudrez pas me croire. J'ai l'impression que l'enterrement nous observe.

En effet, le petit groupe des proches du défunt s'était tourné vers eux. Il y eut des ricanements, puis le prêtre, qui était pressé d'en finir, officia. Il bénit le cercueil, prononça les paroles de circonstance et tendit le goupillon à une femme voilée.

— Sa fille, précisa Venturini en chuchotant. La veuve se console quelque part aux Bahamas.

Quand le cercueil fut déposé dans le caveau, la fille du défunt s'entretint un instant avec le fossoyeur et lui remit une enveloppe. Cela se fait. La petite troupe gagna la sortie en ordre dispersé et sans hâte, précédée par le prêtre qui, lui, devait avoir un besoin pressant. Venturini prit congé du détective :

— J'ai une convocation pour l'un des frères Grossatto. Enzo, l'aîné. Téléphonez-moi.

— Attendez que vous soyez sorti du cimetière, suggéra Simon. Il faut respecter les usages.

Le commissaire adopta un air d'homme vexé.

— Non, mais vous me prenez pour qui ?

Rose se demanda ce qu'il allait faire. Le policier n'avait pas semblé étonné de le voir rester. Après tout, on peut avoir envie de méditer parmi les tombes. Ou s'y donner rendez-vous. Ce qu'il subodorait allait se réaliser, il en était désormais persuadé. Mais il n'avait pas l'intention de s'en mêler. Personne ne le payait pour cela, il en avait plus que son compte des coups et des emmerdements. Les petits porteurs pouvaient toujours courir. Après les escrocs, par exemple.

Grandchamp leur avait promis du vingt pour cent l'an ? N'importe qui de sensé aurait flairé l'entourloupe. Pas eux. Leur cupidité les condamnait. Ils étaient punis par où ils avaient péché. Qui plaindra des imbéciles d'un tel calibre ? Pas lui.

Le fossoyeur, après avoir refermé le caveau surchargé de fleurs et de couronnes, avait disparu lui aussi. Rose était seul. Il s'assura que la dalle n'était que superficiellement rescellée et s'assit sur un muret séparant deux tombes, juste en face. Il n'eut pas longtemps à attendre. Il y eut d'abord un bruit violent à l'intérieur, puis la dalle se mit à pivoter avant de basculer. Un petit homme, au visage blême, apparut à l'entrée en clignant des yeux. Décidément le caveau de la famille Grandchamp voyait passer beaucoup de monde ces temps-ci.

— Bonjour, dit Rose sans bouger.

Le banquier était sur la défensive, mais pour un homme récemment décédé, il avait plutôt bonne mine, même sans nœud-pap.

— On est mieux dehors, n'est-ce pas ? ajouta le détective.

Grandchamp semblait résigné.

— Vous pouvez le dire. Vous êtes de la police ?

— Non, dit Simon. Tout le monde est parti, je crois. Votre fille et la voiture vous attendent, je suppose. Bref, la voie est libre. Il paraît qu'à cette époque de l'année l'eau est à vingt-six degrés aux Bahamas.

Le phare

À Carole, Marine et Chloé

1

Rose avait préféré l'avion. À peine arrivé à Biarritz, il se fit conduire en taxi à la gare de la Négresse pour y attendre sa mère. Madame Rose, que l'avion paniquait, était venue en TGV. L'idée de lui offrir ce court séjour sur la Côte basque pour la fête des mères n'était venue, elle, ni en avion ni en train, et il commençait déjà à se demander si c'était une bonne idée. Mais bon, Simon était un bon fils, il ne se referait pas, et sans doute avait-il plein de choses à se faire pardonner.

Le détective avait séjourné récemment avec une amie à l'hôtel du Palais. Mais deux chambres dans ce palace vous ruinent, et pas question d'en partager une avec sa mère. On se contenta du Plaza, lequel n'est pas sans charme. Achevé en 1928, en pleine période Art déco, par l'architecte du Lutétia à Paris, l'endroit a du chic. Avec ses piliers de mosaïque, les ferronneries des garde-corps, les vitraux monochromes et, partout – au bar, dans les galeries, l'ascenseur –, la patine délicate des bois précieux, le Plaza offrait exactement le genre de décor qui plaisait à madame Rose. Et quelle chance, maman avait sa chambre au troisième étage, avec vue sur la mer, alors que lui était logé au dernier, à l'autre bout du couloir.

Ils déjeunèrent de poisson et de salade. Sa mère avala son café brûlant, elle semblait pressée. Il demanda :

— Tu as rendez-vous ?

— Pas du tout, j'ai envie de me promener avant la pluie. Je ne vais pas pour trois gouttes rester enfermée toute la sainte journée.

Le ciel menaçait, en effet. Ils traversèrent en face de l'hôtel, empruntèrent les escaliers qui descendent vers la grande plage, étonnés de voir si peu de promeneurs. Simon apprécia que sa mère fût impatiente de longer l'océan et ses rouleaux dont ils avaient pu contempler le déferlement de la terrasse du casino. Il était dans l'erreur.

Arrivée sur la place qui conduit à la promenade du bord de mer, madame Rose obliqua sur la droite et entra sans hésiter au rez-de-chaussée du casino, dans la salle des bandits manchots qui grouillait de monde. Dans un vacarme assourdissant, des hommes et des femmes-troncs de tous âges (Simon nota une majorité de têtes grises) et de toutes conditions sociales étaient rivés à leurs machines, les yeux fixés sur les signaux luminescents que leurs gesticulations déclenchaient. Au diable les sensations maritimes, vive l'exaltation sonnante et trébuchante des forçats de la pompe à fric ! Il régnait là une atmosphère de masturbation monétaire généralisée parfaitement obscène qui déplut au détective.

Tandis que sa mère échangeait un billet de cinquante euros contre des pièces de deux, il s'installa au bar. Une fille vulgaire à cheveux blonds platinés, dix-huit ans à tout casser, sirotait une menthe à l'eau. Elle l'observa un instant, s'approcha et dit :

— J'ai perdu mon argent, pourtant je suis sûre que c'est mon jour de veine. C'est écrit sur mon horoscope.

Simon fouilla dans sa poche et lui tendit une coupure de vingt.

— C'est tout ce que j'ai. On fait cinquante cinquante.

La fille happa le billet, le convertit en pièces. Dix minutes ne s'étaient pas écoulées qu'elle revenait avec un horrible petit panier de plastique vert rempli d'euros. Elle faisait peine à voir tant elle était radieuse.

— Qu'est-ce que je vous disais ? C'était dans *Sud-Ouest*. J'ai joué trois pièces d'un coup et paf, voilà que j'en ramasse cent. C'est fou, non ?

Simon se contenta d'en taxer une pincée pour régler sa bière. Il se leva et chercha sa mère. Elle jouait sa dernière pièce, l'air mortifié. Il y eut un bruit épouvantable, suivi d'une musique guillerette, mais la machine à chier de l'or ne lâcha pas la moindre piécette. Madame Rose avait pâli.

— On y va ? dit son fils avec un sourire narquois. Je commence à m'ennuyer.

— Idiot, regarde un peu ce qui est affiché au lieu de râler.

Elle venait d'empocher deux mille euros. Décidément tout le monde gagnait dans ce bordel. Cela le déprimait.

Il sortit et attendit sa mère sous la pluie. Quand elle le rejoignit, ils firent quelques pas, puis après avoir jeté un regard méfiant autour d'elle, sa mère lui montra une liasse de vingt coupures de cent, soigneusement rangée dans son sac à main. Il haussa les épaules.

— On va vers où ? Vers le Palais ?

Elle le fusilla du regard.

— On va au rocher de la Vierge naturellement. À quoi tu penses ?

Ils étaient trempés en atteignant le pied du rocher, et bien sûr pas le moindre pékin à l'horizon. Simon resta abrité sous le tunnel, tandis que sa mère s'avança sous l'averse et, tournée vers la statue, récita trois *Ave*.

— Tu comprends, dit-elle, il y a des moments dans la vie où il faut savoir remercier.

2

Pendant tout le trajet de Pau à Biarritz, et malgré la pluie qui tombait à verse et la forte circulation sur l'autoroute ce samedi après-midi, la bonne humeur d'Albert Lehould, receveur à la poste de Vic-en-Bigorre, ne s'était pas démentie un instant. Il ne tarissait pas d'éloges sur le cassoulet que sa belle-mère lui avait servi au déjeuner, arrosé d'un épais cahors rugueux et long en bouche comme il les aimait. Les trois filles se tenaient tranquilles à l'arrière de la voiture et Suzanne, sa femme, pour une fois ne le chamaillait pas (en langage codé à cause des enfants) à propos de la Jocelyne qu'il lui arrivait de reconduire chez elle après le travail.

Toute la famille était invitée à passer la soirée du samedi et la journée du dimanche au phare de Biarritz, chez les parents d'une amie de Nadine, la fille aînée, qui venait d'avoir quinze ans. Le père, Rémi Viaux, une huile de la Direction régionale de l'équipement à laquelle appartient le bâtiment en forme de gros cube qui entoure la base du phare, avait loué pour une semaine le vaste appartement situé au premier étage et qui servait, avant l'automatisation, à loger les gardiens.

On sera vingt à table. La pluie cesse au moment où la Laguna des Lehould entre dans la cour, n'omettons pas de signaler le crissement des pneus sur le gravier, chaque détail peut avoir son importance. Ils ne sont pas les premiers arrivés. Il y a présentation, mes beaux-parents, un collègue de Rémi, ah oui votre fils est à Navale, monsieur et madame Lécuyer de Pamiers, vous goûterez leur agneau élevé à la ferme, un délice. On s'installe et, comme le soleil décline, la promenade autour du phare s'impose pour se mettre en appétit.

À huit heures, tout le monde est rentré, verres et gobelets circulent. Le buffet richement paré est attaqué de divers côtés, le bordeaux glougloute, tandis que Rémi débouche d'autres flacons en criant :

— Les renforts arrivent !

Lehould raconte pour la troisième fois, à l'attention d'un couple d'instituteurs retraités installés à Cambo, la tentative de hold-up qu'il a déjouée à la poste de Vic-en-Bigorre.

— Vous savez, je n'ai aucun mérite. J'étais dans mon bureau avec un client, je sors pour le raccompagner, il s'avance devant moi, entre dans la salle des guichets, soudain j'entends crier : « Toi, tu la boucles et tu te couches ! ». Le client ne se fait pas prier. Moi, ils ne m'ont pas vu. Je retourne dans mon bureau, où je dispose d'un système d'alarme silencieux, directement relié à la gendarmerie. Bref, trois minutes après, les gendarmes sont là et coincent deux des malfrats. Le troisième a réussi à s'enfuir. À l'heure qu'il est, il court toujours.

À vingt-deux heures, les filles ont repoussé les tables et les fauteuils du salon pour danser. Malgré une sono poussée à fond, elles n'ont guère de succès. Les garçons jouent au foot dans le jardin à la lueur des projecteurs et ne sont pas prêts à lâcher la partie. Les parents discutent politique locale ou éducation des jeunes adolescents.

Albert ne connaît rien aux affaires biarrotes et réfléchir aux quinze ans de sa fille le déprime. Personne ne prête attention à lui quand il sort fumer une cigarette. Il croise les gamins qui remontent, la pluie a mis fin au match. Il se dit qu'il a trop bu et qu'une promenade lui fera du bien, l'averse l'en dissuade. Au lieu de retourner à l'appartement, il s'engage dans l'escalier à vis qui conduit au sommet du phare. Les deux cent-vingt-huit marches ne l'effrayent pas, mais il est à bout de souffle et en nage quand il se retrouve sous la lanterne dont il perçoit, au-dessus de lui, la lente, régulière et puissante giration. Envie de respirer l'air marin et tant pis pour le vent et la pluie, du reste un simple crochet retient la porte qui donne sur la plate-forme à ciel ouvert.

Spectacle magnifique. La nuit noire sur l'Atlantique est rompue vers le sud-ouest par un étagement de continents jaunes et gris. D'un côté les lumières de la ville, de l'autre l'assaut permanent de l'océan contre les falaises de la Chambre d'Amour. Il s'approche et, malgré le vertige, les mains crispées sur le garde-corps métallique, se force à regarder le pied du phare.

3

On avait dîné tôt. Se taper la cloche à la Rotonde, le luxueux restaurant de l'hôtel du Palais, sa mère avait de quoi. C'est elle qui régalait. Une coupe de champagne, un verre de sauternes premier cru avec le foie gras et une bouteille de pauillac 95 pour arroser le baron d'agneau, madame Rose était un peu pompette quand Simon la raccompagna au Plaza. Il n'était pas dix heures.

Il fut plus difficile de la dissuader de retourner au casino. Elle était impatiente de reperdre ce qu'elle avait gagné dans l'après-midi, mais céda quand son fils lui fit remarquer que les bandits manchots ne chôment pas le dimanche. Elle se promit d'y revenir après la messe.

— Et toi, tu ne te couches pas ?

— Pas tout de suite, j'ai besoin de prendre l'air. Je vais faire un tour du côté du phare.

Pendant que le concierge lui tendait sa clef, elle ricana et glissa :

— Ah, il a bon dos, le phare. Enfin, j'espère au moins que tu sors couvert !

Il lui montra son parapluie. Elle haussa les épaules et lui jeta un coup d'œil égrillard.

— Tu sais parfaitement ce que je veux dire.

Pour la rencontre galante que sa mère supputait, il eût fallu aller en boîte. Malgré le mauvais temps – les rafales de vent avaient eu raison de son parapluie –, il n'en avait aucune envie. Il monta donc vers le phare avec une exaltation croissante. Pour un Parisien habitué à la pollution de la capitale, ce contact physique avec l'air du large était comme une étreinte, et le déchaînement furieux des éléments redoublait sa jubilation.

Le plateau et le parking étaient déserts. En revanche, il y avait du monde au phare, dont le fût blanc étincelait sous les projecteurs. Simon compta pas moins de sept voitures garées dans le jardin. Les grilles étaient ouvertes. Il y avait de la lumière à toutes les fenêtres du premier étage et une sono surpuissante débitait les tubes en vogue. La porte du bâtiment, elle aussi, était ouverte. Ce n'était pas une heure pour visiter, mais le désir de prendre de l'altitude et de grimper au sommet était le plus fort.

Avant de s'engager dans l'escalier, le détective avisa un couloir sur sa gauche. Il conduisait dans une salle encombrée d'appareils électroniques qui devaient gouverner le fonctionnement automatique du phare et que n'importe quel saboteur aurait pu mettre à mal. Il revint sur ses pas et commença l'ascension dans une demi-pénombre. L'escalier était éclairé toutes les trente marches par une minuscule fenêtre illuminée de l'extérieur.

Simon avait compté cent quatre-vingt marches quand, le nez au carreau de la dernière fenêtre, il sentit son cœur s'arrêter de battre. Un homme au visage déformé par la terreur et qui criait en silence venait de passer sous ses yeux. Il voulut croire à une hallucination et grimpa quatre à quatre les dernières marches. Arrivé sur la plate-forme, il se pencha et scruta le toit plat de l'édifice d'où s'élançait le fût. Le doute n'était pas permis. Un corps démantibulé gisait là, qui avait sous la violence du choc, mais sans le rompre, déformé le revêtement métallique.

4

L'eût-il voulu, Simon n'aurait pu éviter d'être mêlé à l'affaire. Il était, croyait-il, le seul témoin direct de la chute d'un homme qu'il ne connaissait pas.

Mais son témoignage, d'abord accueilli avec circonspection par les inspecteurs du SRPJ de Bayonne, se trouva corroboré par les dires d'Antoine Pichon. Ce jeune retraité de l'administration pénitentiaire, domicilié à Tarnos, un solide sexagénaire au visage taillé à coups de serpe et aux cheveux en brosse, se promenait cette nuit-là autour du phare. Sa femme était restée dans la voiture à cause du mauvais temps.

En levant les yeux vers la plate-forme, Antoine qui croyait le bâtiment fermé au public après dix-huit heures, avait aperçu (1) un homme accoudé au garde-fou, (2) un deuxième individu surgir dans le dos du premier qu'il avait attrapé par les jambes et balancé dans le vide,

(3) le meurtrier se promener tranquillement sur la plate-forme jusqu'à (4) l'arrivée d'un troisième qui s'était penché, sans doute pour examiner le corps du premier, tandis que le meurtrier se dissimulait de l'autre côté.

N'écoutant que son civisme, Pichon avait alors couru jusqu'à la voiture, arraché le portable des mains de sa femme qui bavardait avec sa belle-sœur et alerté la police, ce qui en plus lui permit de réaliser une notable économie de téléphone.

Grâce à ce témoignage capital, on avait la certitude que Lehould n'était la victime ni d'un accident ni d'un suicide, mais bien d'un assassinat. Il était rageant pour le détective de savoir qu'à une minute près, il aurait pu empêcher le tueur d'agir. Ce dernier, tandis que Rose scrutait le corps du malheureux écrasé trente mètres plus bas, était tapi à quelques mètres de l'autre côté de la lanterne. Il avait attendu que Simon eût dévalé les marches pour descendre à son tour et disparaître.

Le lendemain matin, le commissaire Oyamburu, qui dirigeait l'enquête, avait devant les journalistes énoncé une évidence qu'il présenta comme une forte déduction : ou bien le meurtrier appartenait au petit groupe des amis de la victime, ou bien il venait de l'extérieur, comme le détective parisien, « puisqu'on entre dans ce phare comme dans un moulin ».

Après avoir interrogé tous les participants à la soirée, à l'exception des enfants, Oyamburu ne cachait pas qu'il penchait pour la seconde hypothèse. Mais comme il n'entendait négliger aucune piste, il se proposa le soir même de tenter une reconstitution du crime en mettant Pichon et, de manière accessoire, Rose à contribution. Chacun des mâles adultes devait grimper sur la plate-forme et, avec l'aide d'un policier dans le rôle de la victime, simuler l'agression.

Dans l'après-midi, Rose était revenu au phare. Il bavarda avec les dames qui réconfortaient, comme elles le pouvaient, madame Lehould. Il parla aussi avec les garçons qui jouaient au foot la veille dans le jardin. Les plus grands n'avaient rien remarqué, mais le plus jeune, Aurélien, sept ans, lui dit que les papas avaient fait carnaval.

— Comment ça, carnaval ? Ils se sont déguisés ?

— Ils ont mis des masques.

— Des masques, tu es sûr ? De quel genre ils étaient, ces masques ?

Le petit avait rencontré dans le vestibule un homme portant un masque de Mickey, il ne savait pas qui était dessous. Simon se souvint que la veille, quand il s'était rué dans l'habitation pour prévenir les gens et appeler la police (déjà informée par Pichon, mais cela il l'ignorait), il avait en effet croisé l'enfant. On savait, d'après le témoignage du retraité, que le tueur était descendu après Rose. Pendant que celui-ci entrait dans l'appartement, l'autre quittait le phare. Le détective appela le SRPJ.

— Commissaire, j'ai du nouveau.

Oyamburu refusa d'abord de l'écouter, il détestait les enquêteurs privés, surtout quand ils venaient de Paris. Rose n'avait rien à faire au phare avant la reconstitution, encore moins à conduire une enquête qui était du ressort exclusif de la police. Piqué au vif, Simon lui dit sèchement :

— Je me suis contenté d'entendre les témoins que vous avez négligés hier, je parle des gamins. Le plus jeune affirme avoir vu hier soir un homme sortir, il portait un masque.

Oyamburu eut un rire gras. Une affabulation de moutard qui veut se rendre intéressant.

— C'était quoi, ce masque ? Goldorak, je parie ?

— Non, Mickey.

Il y eut un long silence à l'autre bout du fil. Le commissaire discutait avec ses collaborateurs. On arrive, dit le policier, visiblement radouci.

Rose l'apprit très vite, les auteurs du hold-up de Vic que l'intervention d'Albert Lehould, l'homme assassiné la veille, avait fait foirer étaient grimés en Mickey.

5

Associé par hasard à cette affaire, Simon entend participer à son élucidation. Il a de bonnes raisons de croire que le patron du SRPJ de Bayonne veut le laisser sur la touche. Oyamburu est le genre de petit despote local revenu de tout, mais son attitude trop complaisante vis-à-vis de certains policiers espagnols, à l'époque des GAL, a compromis ses chances de passer divisionnaire.

Rose appelle son ami Venturini au Quai des Orfèvres, et lui raconte toute l'histoire.

—Je le connais, dit le Corse. Une tête de mule, mais un bon flic. Et un bon flic fait toujours passer la manifestation de la vérité avant son petit orgueil personnel. Rose, je vous entends rire d'ici. Je vais vous arranger le coup.

Le fait est que dans les heures qui suivent, Oyamburu change complètement d'attitude à son égard. Les enquêteurs ont d'abord pensé que l'auteur du meurtre pouvait être le troisième individu impliqué dans le hold-up : imputant l'échec du braquage au receveur de la poste, il aurait agi par vengeance. Mais aurait-il commis l'erreur de se signaler en revêtant un masque de Mickey comme à Vic ?

Un appel à la gendarmerie de Vic-en-Bigorre va modifier du tout au tout les données du problème. Quelques jours avant le crime du phare, on a retrouvé dans une ferme abandonnée, non loin de Vic, le corps décomposé d'un jeune homme de vingt-quatre ans, mort depuis plusieurs semaines. L'autopsie a révélé qu'il s'est suicidé en absorbant un mélange de mort-aux-rats et de somnifère. Il était connu des services de police. Ses complices incarcérés ont reconnu en lui le troisième homme.

Certes, comme l'observe le détective, on ne peut pas exclure la piste d'une vengeance. Un proche du suicidé a pu tenir Albert Lehould pour responsable de la triste fin du malfrat et avoir décidé de supprimer le receveur. Mais on ne connaît pas d'ami au malheureux, par ailleurs rejeté par sa famille.

La reconstitution n'apportera aucun élément vraiment décisif. Le commissaire y tenait pourtant. Pichon, qui n'a pas l'air d'un mythomane, s'est comporté en citoyen responsable, mais la valeur de son témoignage est quelque peu écornée par une constatation toute simple : on distingue mal depuis le sol ce qui se passe au sommet du phare et, la veille, les conditions atmosphériques étaient particulièrement mauvaises. Impossible de différencier avec précision les silhouettes qui se succèdent sur la plate-forme.

Un point cependant sera clairement établi. Celui qui a balancé le receveur et ses quatre-vingt-huit kilos par-dessus le garde-fou doit être un homme d'une solide constitution, même en jouant de l'effet de surprise. Aucune des femmes présentes la veille n'est capable d'un tel exploit, estime Oyamburu. La veuve Lehould est définitivement écartée de la liste des suspects. Quant aux messieurs, le commissaire élimine d'entrée l'instituteur retraité de Cambo qui souffre d'un problème d'arythmie cardiaque et a eu toutes les peines du monde à se hisser au sommet, malgré la présence d'un médecin réquisitionné pour la circonstance.

Bref, beaucoup de mouvement et de fatigue pour rien. Les invités, dont la plupart ont passé une nuit courte et inconfortable dans un appartement trop petit pour les accueillir tous, sont éprouvés par les interrogatoires de la journée, auxquels ils se sont prêtés de bonne grâce. Chacun veut savoir. Ce masque, estime-t-on, peut être un leurre. Les enquêteurs ne sont pas loin de partager ce sentiment.

L'arrivée inattendue, vers les dix heures du soir, d'une jeune femme court vêtue, bien fessue et très maquillée fait l'effet d'un coup de théâtre. Elle dit venir en droite ligne de Vic-en-Bigorre, vouloir parler au commissaire, s'appeler Jocelyne et avoir bien connu la victime.

6

Une belle plante, la Jocelyne. Un peu voyante, odorante (son parfum est aussi agressif que son rouge à lèvres), pimpante, nuance province.

— Quand j'ai compris ce qui est arrivé à mon Albert, mon sang n'a fait qu'un tour, dit-elle avec un regard appuyé pour le commissaire. J'ai compris tout de suite.

Jocelyne les aime bien mûrs, se dit Rose. Son Albert ne sera bientôt plus qu'un pâle souvenir, mais pour l'heure elle tient à faire savoir qu'elle était la maîtresse légitime du receveur, qu'entre eux c'était la grande passion, en dépit de la jalousie active de sa régulière qui ne savait pas quoi inventer pour contrecarrer leurs amours.

Oyamburu, visiblement allumé, l'écoute avec la plus vive attention. On pourrait tenir là un mobile.

— Vous soupçonnez un crime commandité ?

Le détective préfère traduire.

— Vous pensez que madame Lehould serait à l'origine de ce qui s'est passé ?

— Oh non, c'est bien pire, dit-elle avec emphase. Figurez-vous que Louis a disparu depuis deux jours. Nous devions nous voir hier à la sortie du bureau.

Louis est son prétendant officiel. Il travaille dans les assurances. Il leur arrive de dîner ou d'aller au cinéma ensemble, mais jamais elle n'a cédé à ses avances. Plus tard, si les choses se gâtent avec Albert, elle ne dit pas (et là, pour le coup, elles se sont sérieusement gâtées). Après tout, Louis est jeune, trente ans à peine. Elle redoute un coup de folie de sa part, qu'il n'ait voulu se débarrasser de son rival.

— C'est la première fois qu'il me pose un lapin. Mais bon, je ne m'inquiétais pas. Le lendemain, je téléphone aux assurances, il n'y était pas. J'appelle chez lui, personne. Je commence à paniquer. Et voilà que j'apprends cette chose affreuse, mon sang n'a fait qu'un tour.

Elle éclate en sanglots. Le commissaire lui tapote le bras, tout en louchant sur ses seins.

— Vous avez eu raison de venir, mon petit. Mais rien ne prouve que votre ami Louis soit mêlé à ce crime. Nous allons le retrouver et je ne doute pas un instant qu'il sera mis hors de cause. Au fait, a-t-il des masques chez lui ? Des masques de carnaval, par exemple.

— Oui, plein. Louis adore les bals costumés. Je l'ai accompagné l'une ou l'autre fois. Pourquoi cette question ?

— On aurait vu un type avec une tête de Mickey.

— C'est lui, ça me revient maintenant. Quand il y a eu le hold-up à Vic, quelques jours après, il s'est pointé au café où on avait rendez-vous. Il est venu par derrière, m'a chatouillé la nuque, je me suis retournée et j'ai poussé un de ces cris ! Il portait le même masque que les types de la poste, un Mickey, oui.

Oyamburu est perplexe. Il se tourne vers Rose.

— Vous en pensez quoi ?

— La coïncidence est troublante, mais on ne peut pas trancher à partir d'un élément aussi mince. Il faudra s'en remettre aux gendarmes de Vic qui lanceront un avis de recherche.

7

Elle n'était pas vernie, la petite Jocelyne. Son Albert avait fait la grande culbute, et Louis s'était barré. Avec une autre. Il réapparut à son bureau deux jours après, pourvu d'un certificat médical en bonne et due forme. Sommé de s'expliquer par les gendarmes, il put fournir son emploi du temps détaillé, plutôt agréable, mais qui ne passait pas par Biarritz et ne comprenait plus Jocelyne. Fini pied de grue et bec dans l'eau, il n'était plus question pour lui d'attendre.

Comme l'annonçait *Sud-Ouest* quarante-huit heures après les faits, le mystère restait entier. Au phare, les invités étaient partis. Comme la dépouille du défunt Lehould, ramenée à Vic par sa veuve et ses trois filles. Seuls étaient restés Rémi Viaux, le directeur de l'équipement, et son ami Frank Lécuyer, le fermier de Pamiers converti aux méthodes douces en agriculture et dont les agneaux élevés en liberté étaient renommés dans la région.

Délaissant sa mère, qui compensait avec les bandits manchots, Rose était remonté au phare à plusieurs reprises. Rémi et Frank s'étaient connus au collège et, malgré des cheminements professionnels différents, ne s'étaient jamais perdus de vue. On se rendait visite, surtout l'été, on se voyait à Noël et à Pâques, on recevait les enfants, on pratiquait le tennis depuis toujours, le golf plus récemment. Les deux hommes, comme leurs épouses, étaient très affectés par le drame. Ils ne connaissaient Lehould que de fraîche date, mais leurs enfants étaient liés et le receveur avait su tout de suite se faire adopter.

— Albert était peut-être un peu noceur, mais c'était surtout un type très drôle, dit Viaux. Un peu dans notre genre, pas vrai, Frank ?

Madame Viaux coupa son mari sèchement.

— Tu peux le dire. Quand il y avait une bêtise à faire, de préférence énorme, l'un de vous deux était toujours présent.

Simon observa que madame Lécuyer avait pâli en regardant fixement son époux, lequel ne pipait mot. Rémi se tourna vers le détective.

— Monsieur Rose, j'aimerais savoir ce que vous pensez réellement de Pichon et de son témoignage. Pardonnez ma franchise, il m'a vraiment l'air du type qui veut se rendre intéressant.

— C'est probable, dit Simon. On ne peut pas pour autant l'accuser d'affabulation.

L'ingénieur enfonça le clou.

— Je dois avouer qu'à la reconstitution, j'ai eu des doutes. Sans compter que la veille, les conditions de visibilité étaient exécrables, vous devez vous en souvenir.

Rose était préoccupé, une idée terrible venait de l'effleurer, il ne réagit pas aux propos de Viaux. Lequel ajouta :

— Parce qu'enfin, sans le témoignage de ce foutu retraité, on aurait tous cru à un accident ou à un suicide, non ? Albert avait le vertige, il l'a encore répété ce soir-là. Pas question que je monte au phare, qu'il disait. Et voilà que sans prévenir, il y grimpe. Bizarre, non ?

— Peut-être a-t-il voulu, l'alcool aidant, tester son courage, dit Rose en fixant Lécuyer. Quelqu'un l'aura suivi et hop…

Le détective prit congé. Il était frustré d'avoir échoué, comme la police, et devait rentrer le soir même à Paris, avec sa mère. Lécuyer, qui n'avait guère participé à la conversation, fit quelques pas avec lui dans le jardin. Il semblait accablé.

— Ce séjour devait être une fête et aura fini en cauchemar pour nous tous. Je n'arrête pas de penser aux trois filles du pauvre Albert et à sa femme.

— Je veux croire, dit Simon, que ce tragique événement ne serait pas la conséquence d'une farce qui aurait mal tourné. C'est le genre de chose, si on est responsable, qu'on se reproche une vie durant, surtout si on n'a pas eu le courage d'assumer.

Le fermier hocha la tête en signe d'assentiment et serra longuement la main du détective.

8

En rejoignant la place Clemenceau – il voulait prendre congé du commissaire –, Rose ruminait sa dernière conversation. Une farce qui aurait mal tourné, oui, la chose était possible.

Surmontant son horreur du vide, Albert Lehould à la suite d'un dîner bien arrosé monte au sommet du phare. Arrivé sur la plate-forme, en proie au vertige, il se cramponne au garde-fou. Lécuyer l'a suivi en douce, le visage masqué. Par plaisanterie, pour lui faire peur, il le soulève par les jambes. Escomptant une résistance farouche, il y met toute sa force et réussit trop bien : tétanisé, Lehould ne résiste pas, le fermier ne parvient pas à le retenir, le corps bascule dans le vide. Cela se tenait, à un détail près. Frank Lécuyer était peut-être un fieffé farceur, pas un salaud. La mort dans l'âme, il aurait fini par avouer.

Non, se dit Simon, quelque chose avait dû lui échapper. Il entra d'un pas vif au *Royalty*, à l'heure du café. Oyamburu était déjà attablé devant une bière. Rose commanda – drôle d'idée – une sangria. Le policier ne semblait pas affecté par son échec.

— On a fait chou blanc, oui. Pour l'instant, monsieur Rose. Le temps joue pour nous, je reste confiant.

— Une chose m'est revenue à l'esprit, dit le détective. A-t-on pensé à joindre la personne à qui madame Pichon téléphonait dans sa voiture au moment du drame ?

Le policier le regarda, l'air hilare.

— Voyons Rose, vous allez peut-être nous apprendre la procédure ! Évidemment que nous avons vérifié.

Il sortit un carnet, chercha la lettre D.

— Diaz, madame. La belle-sœur d'Antoine Pichon. Elle habite Arcangues. C'est à cinq minutes. Vous pouvez lui rendre visite, si vous croyez que cela en vaut la peine.

Le taxi le déposa devant un pavillon moderne sans grand cachet, coincé entre deux belles villas basques. Madame Diaz ouvrit à contre-cœur. Belle femme, bien qu'elle eût passé la cinquantaine. Rose pensa qu'elle ne ressemblait pas à sa maison et qu'elle n'était pas heureuse en ménage. Elle le reçut au salon, dont la terrasse donnait sur un charmant jardin qui ne se voyait pas de la route. Il se présenta et lui demanda de préciser ses liens de famille avec Antoine Pichon, le principal témoin de l'affaire.

— J'ai épousé en secondes noces le frère de madame Pichon. Je m'entends bien avec elle, c'est une personne douce et compréhensive.

— Vous vous voyez souvent ?

Elle eut une hésitation.

— Mon mari préfère éviter Antoine. Ils n'ont pas du tout les mêmes opinions.

Simon sentit chez elle un désarroi, une blessure. Il fallait marcher sur des œufs, ne pas la braquer.

— Vous n'auriez pas oublié de nous dire quelque chose, quelque chose d'important ce soir-là, quand votre belle-sœur vous a appelé ?

Elle regardait fixement devant elle.

— Le policier qui est venu m'interroger m'a seulement demandé à quelle heure j'avais eu ce coup de fil et si la conversation a brusquement été interrompue…

Soudain, elle se cacha le visage dans les mains et fondit en larmes.

— Je sais que j'aurais dû en parler, mais mon mari ne voulait pas. Il dit que les policiers n'ont qu'à faire leur travail.

— Que s'est-il passé ?

— Ma belle-sœur m'a raconté qu'Antoine s'était promené au phare en fin d'après-midi, comme il fait souvent. Il est rentré pour dîner, très agité. Tout de suite après, il a voulu y retourner. Sa femme l'a accompagné et, comme il pleuvait, elle est restée dans la voiture. Elle a vu Antoine entrer dans le bâtiment et monter au phare. C'est ce qu'elle m'a dit au téléphone.

— Il n'y avait rien d'autre ?

— J'ai senti qu'elle était très inquiète. Antoine est quelqu'un d'impulsif, capable d'être très violent. Quand le lendemain, j'ai lu ce qui s'était passé dans le journal et que j'ai appris le nom de la victime, j'ai tout de suite compris. Il y a six ans, Antoine travaillait à la maison d'arrêt comme gardien-chef.

— Dans la région ?

— Oui, à Bayonne. Albert Lehould est venu plusieurs fois visiter un cousin à lui, militant basque, qui attendait son procès. Un jour, il l'a trouvé à l'infirmerie, sérieusement blessé. Il avait été tabassé par des co-détenus. Lehould n'a pas gobé cette version, les militants basques sont en général respectés par les autres. Il est allé voir le directeur régional de l'administration pénitentiaire. Une enquête interne a conclu à la responsabilité de mon beau-frère qui aurait monté des droits communs contre le Basque. C'est allé jusqu'au ministère, je vous passe les détails, toujours est-il qu'Antoine a dû accepter une mise à la retraire anticipée pour éviter la correctionnelle.

Et voilà comment, en négligeant une simple vérification de routine, la police faillit ne jamais savoir ce qui était arrivé cette nuit-là au phare de Biarritz. Dans l'après-midi du jour fatal, Pichon, l'ancien gardien-chef, avait reconnu parmi les invités l'homme, Lehould, à qui il devait son infortune. Il était revenu le soir pour se venger.

Oyamburu avait perdu de sa superbe quand Rose lui présenta ce témoin inespéré. Surmontant ses réticences et la désapprobation de son mari, madame Diaz avait fini par accompagner le détective au commissariat. Elle reconnaissait ne pas aimer son beau-frère, dont elle avait peur, mais l'argument que fit valoir Simon et qui la décida était qu'elle rendait peut-être service à sa belle-sœur : les femmes d'assassins en liberté font rarement de vieux os.

Scène de chasse en Alsace

1

Agence 2007, rue Vaneau. Rideaux tirés, le bureau est plongé dans la pénombre. On frappe à la porte. Simon Rose est allongé sur son vieux canapé, à demi assoupi. À terre, à côté de ses baskets, un roman d'Agatha Christie, *Le Meurtre de Roger Ackroyd*.

Le détective enfile ses baskets qu'il n'a pas le temps de lacer, repousse les rideaux, se dirige à pas lents vers la porte.

Le client est le docteur Robert Freiss, un chirurgien connu des hospices civils de Strasbourg. Il s'est annoncé, profitant d'un colloque à Paris pour rencontrer le privé. Quadragénaire d'allure sportive, visage ouvert et sympathique, poignée de main vigoureuse, il observe les pieds du détective, le désordre du canapé.

— Rien de mieux, dit-il, qu'une petite sieste pour relancer la machine et retrouver du tonus. Je le répète à tous mes patients.

Rose prend place derrière son bureau, le sourire un peu contraint. Il désigne un fauteuil à son hôte.

— Alors, qu'est-ce qui vous arrive, docteur ?

Freiss ne cache pas son inquiétude.

— Nous recevons depuis quelque temps des menaces sur mon portable, pourtant seuls les membres de ma famille et mes proches collaborateurs ont le numéro. Deux lettres anonymes qui me promettent une mort prochaine ont été postées à mon domicile.

Le détective l'interrompt.

— Vous les avez apportées ?

Le médecin lui tend un billet plié en quatre.

— C'est le dernier message reçu, et celui-ci est signé. Enfin, si on peut dire.

« Tu m'as oublié, moi, je ne t'ai pas oublié. Si jamais tu t'avises de ressortir ton fusil de chasse, tu mourras comme tu m'as tué. Signé : Clément. »

2

Deux ans auparavant, un dimanche matin d'octobre, dans les sous-bois des Vosges, du côté de Saverne. Une forêt parée des couleurs chatoyantes de l'automne. Une famille se promène, cueille des champignons. Il y a le père, instituteur ; la mère, employée de bureau, leur fils de neuf ans et sa petite sœur. Alice, cinq ans, ne quitte pas la main de sa mère. Clément, lui, ne tient pas en place, galope à gauche et à droite.

On entend au loin aboiements et jappements, parfois une détonation. Un plan panoramique permettrait de voir la meute des chasseurs excités qui ratisse le secteur et se rapproche des promeneurs. Les parents s'inquiètent, décident de rebrousser chemin. Clément, reviens immédiatement ! Soudain le drame : le garçon surgit d'un fourré avec son blouson marron, reçoit une décharge de douze millimètres en pleine poitrine. Les hurlements des parents, les appels des chasseurs atterrés. L'auteur du coup de feu, quoique effondré, tente de stopper l'hémorragie. En vain : l'enfant meurt en quelques minutes. Polycriblage du torse. L'hélicoptère de la gendarmerie ne ramènera qu'un cadavre aux urgences de l'hôpital le plus proche.

L'enterrement se déroule à Saverne, où habitent et travaillent les malheureux parents. Au cortège funèbre se mêlent de nombreuses personnes venues exprimer leur colère et leur indignation. La télévision est présente, les journalistes interviewent des militants hostiles à la chasse. Le sous-préfet est violemment pris à partie par le père du petit Clément. Ses amis ont du mal à le calmer, un gendarme doit s'interposer. L'instituteur menace de tuer le responsable de l'accident, un médecin strasbourgeois.

Plus tard, au tribunal, défilé des témoins de la défense. Le docteur Freiss était sobre au moment des faits, l'acooltest pratiqué dès l'arrivée des gendarmes s'est révélé négatif. Le chasseur n'a rien du viandard, jamais eu le moindre accident en vingt ans de pratique. Par ailleurs, le secteur était balisé, la forêt interdite pendant la chasse. La faute à pas de chance ? Les parents de Clément ont leur part de responsabilité, ils n'auraient jamais dû emmener leurs enfants dans ce coin des sous-bois vosgiens. Bref le chirurgien s'en tire avec deux ans d'interdiction de chasser. Son assurance est condamnée à verser aux parents une forte indemnité.

3

— Voilà toute l'affaire, dit le médecin. Croyez que j'ai souvent pensé à Clément.

— On vous a rendu votre permis, je suppose ? demande Rose, très embarrassé.

Même s'il ne les rejette pas collectivement comme nuisibles, Simon n'aime guère la corporation des amis de la tuerie animalière.

— Oui, il y a un mois.

Le détective ne mâche pas ses mots.

— Soit, c'était un accident. J'entends bien que la famille s'est montrée imprudente. Il n'empêche : à cause de vous, un gosse est mort. Je devine que c'est une chose difficile à porter. La sagesse même vous commande de passer à d'autres sports. Après ce qui est arrivé, vous devriez être vacciné, non ?

— Vous n'êtes pas chasseur, vous ne savez pas ce que c'est. Quand on passe des quarante, cinquante heures dans la semaine, penché sur la tuyauterie humaine à réparer, colmater, nettoyer, à en avoir mal aux mains et les yeux qui picotent, on a vraiment besoin de grand air, de forêt, de montagne !

— Mais bon Dieu, vous qui avez la chance d'habiter au pied des Vosges, promenez-vous, courez, faites de l'escalade, du VTT…

— Ce n'est pas pareil. Il y a dans la chasse, dans l'affrontement avec l'animal un plaisir, une sensation uniques. Il faut déjouer ses ruses, sa connaissance du terrain. Et nous devons diminuer la population de sangliers qui croît de façon exponentielle. Pour ma part, même quand c'est autorisé, je me refuse à tirer un cerf. Non, Rose, ce n'est pas la boucherie que l'on prétend. Oui, enfin, je ne vous convaincrai pas. Mais j'ai une proposition à vous faire.

— Je vous vois venir, dit Simon. Pas question pour moi de me lever aux aurores pour aller me balader en guêtres et blouson kaki dans les sous-bois vosgiens avec une bande d'obsédés de la gâchette.

Le médecin sourit.

— Ce n'est pas ce que je vous demande. Je vous offre trois mille euros, plus les frais, pour me dénicher le type qui me fout la pression et terrorise ma famille.

Les convictions pacifistes du détective semblent cette fois être ébranlées.

— Vous n'avez aucune idée concernant son identité ?

— Je mentirais si je vous disais que je ne soupçonne personne. C'est du côté de Saverne qu'il faut chercher. Oui, la famille de Clément. Encore faut-il s'en assurer. Je me suis dit qu'avec la réputation que vous avez, ce serait un jeu d'enfant pour vous de remonter à la source.

4

Rose débarque à Strasbourg et se fait conduire en taxi aux hospices civils. Il demande au chauffeur de faire un détour pour admirer la cathédrale.

Le docteur Freiss le reçoit dans son service, lui présente ses collaborateurs, le docteur Belot, son bras droit, la surveillante, des infirmières. Il étudie dans le bureau du chirurgien la première lettre anonyme adressée à celui-ci, postée à Saverne ainsi que les messages injurieux enregistrés sur le répondeur à l'aide d'un système de déformation vocale.

Dans la soirée, il accompagne Freiss chez lui. Le chirurgien habite une villa cossue à vingt minutes de la capitale alsacienne, au pied des Vosges. Une épouse splendide, Hélène, deux beaux enfants encore petits, un braque au pelage gris débordant d'affection, une Jaguar et une Toyota tout terrain dans le garage...

Simon fait quelques pas dans le jardin avant dîner. Il se sent très mal à l'aise, s'en veut d'avoir accepté une enquête qui contredit tout ce qu'il est. En réalité, il ne cesse de penser au petit garçon, victime innocente d'une passion qu'il ne partage pas.

— Monsieur Rose a l'air sombre, dit le docteur qui lui offre un verre de gewürztraminer, vendange tardive.

Les deux hommes trinquent.

— Moi aussi, je pense à lui, insiste Freiss. Et je suis le premier à savoir que la faute à pas de chance a bon dos.

Le dîner réunit les Freiss, Rose et des amis du couple, dont le docteur Belot et sa femme. Le chirurgien annonce son intention de participer à une chasse dans une forêt privée, du côté d'Obernai, qui appartient à l'une de ses relations, un industriel de la région. Cela jette un froid. Son épouse quitte la table. Simon observe la tendre et furtive complicité qui réunit la femme de Belot et le patron de son mari.

Plus tard dans la soirée, Hélène confie ses craintes au détective. Elle le supplie d'accompagner son mari.

— Je serais tellement plus rassurée, dit-elle.

5

Le lendemain à cinq heures trente, Simon, mal réveillé, une tête de déterré, prend son thé dans la cuisine avec son hôte. Hélène et les enfants dorment encore. Tous deux montent dans le quatre-quatre avec le chien, les armes. Il fait encore nuit quand ils démarrent.

Range Rover, Toyota, Cherokee défoncent joyeusement les chemins de terre. Un peu avant sept heures, une dizaine de véhicules tout terrain sont au rendez-vous.

Scène de chasse en Alsace : casse-croûte sur le pouce, charcuterie et riesling, thermos de café que certains agrémentent d'une lampée de kirsch (Rose observe que le docteur Freiss ne touche pas à l'alcool), l'impatience bruyante des chiens, les consignes aux rabatteurs, le brouillard qui commence à se déchirer dans le petit matin glacé, la convivialité cynégétique dans toute son horreur, que Simon ne partage pas, on s'en serait douté.

Le sifflet des rabatteurs, les aboiements, appels, grosses plaisanteries, premiers coups de feu, la chasse commence. Rose a du mal à suivre le train vif et rapide du chirurgien qui connaît le terrain comme sa poche. Voici qu'à la détonation ample et longue des armes de chasse se superpose la détonation lourde et sèche d'un fusil à pompe. Freiss s'écroule, mortellement blessé.

Le détective, égaré dans une futaie, est à deux cents mètres, il n'a rien pu faire.

D'après les premières constatations, le docteur a été abattu à bout portant. La thèse du fusil à pompe se vérifie. Aucun témoin proche, les chasseurs ont tous du gros calibre et des chevrotines, rien à voir avec la balle qui a tué Freiss.

Le soir, au journal télévisé, les journalistes rapprochent le meurtre de la mort accidentelle du petit Clément. Interrogé par les gendarmes, le père de l'enfant déclare comprendre l'assassin, et applaudit le geste du tueur inconnu.

— Je regrette de n'avoir pas été à sa place, dit-il. La justice est passée, mon fils est enfin vengé.

Pour le détective, de telles déclarations ne signifient pas grand-chose, pas plus que son alibi en béton – il était parmi ses élèves à l'heure du crime – ne l'innocente entièrement. Il a pu charger de l'exécution un autre membre de la famille, un ami, voire l'une des nombreuses personnes que la mort de l'enfant avait scandalisées. Hélène, la veuve du chirurgien, tient à ce que Rose poursuive son enquête, parallèlement aux investigations des gendarmes qui suivront toutes les pistes autour de Saverne.

Rose s'est installé à Strasbourg, dans un hôtel modeste proche de la cathédrale. Il ne croit pas à la vengeance. En tout cas, pas à cette vengeance-là. Saverne est à une demi-heure de la métropole alsacienne, n'importe qui peut venir y téléphoner depuis une cabine, expédier du courrier ni vu ni connu pour égarer les enquêteurs, ou plutôt les diriger sur ceux qui, il y a deux ans, peu après l'accident, proféraient publiquement des menaces contre l'auteur du coup de feu mortel.

Une autre piste (l'amant qui tue le mari de sa maîtresse et déguise le meurtre en accident de chasse) ne tient pas plus la route. Hélène n'a qu'une vie, qu'une passion : sa famille. Son époux, les enfants, la maison, voilà le périmètre étroit, mais intense, de son univers. Son chagrin, patent et sans limite, vaut preuve. Autour d'elle le monde s'est écroulé, le drame va la confiner davantage dans son rôle de mère.

6

Et Freiss lui-même ? Simon se promène dans le service. Il n'a pas tardé à comprendre que chez le chirurgien l'instinct du chasseur allait au-delà des sous-bois vosgiens. Contrairement à une opinion assez répandue, les infirmières ne sont pas moins farouches que d'autres, mais toutes n'avaient pas dit non.

Elle s'appelle Véronique. C'est une petite blonde rebondie de vingt-sept ans, sensuelle et rieuse. Elle n'a ni le charme ni la classe de madame Freiss, mais sans doute d'autres atouts. Ses yeux se mouillent quand elle évoque le chirurgien.

— Nous nous connaissions depuis quatre ans, tout de suite le coup de foudre. Robert est l'amour de ma vie.

Tout de suite les grands mots. Elle ajoute :

— Vous savez, il n'était pas heureux en ménage.

— Ce n'est pas l'impression que j'ai eue, dit Simon. Il semblait au contraire très épanoui chez lui.

Véronique fixe sur le détective ses grands yeux lourds de reproche.

— Peut-être, mais on se voyait toutes les semaines. En secret, bien sûr. Il me disait : « Chaque fois que je viens te voir, je prends un coup de jeune, je revis ».

— Oui, c'est ce que les homme d'âge mûr disent habituellement à leurs maîtresses. Je sais que vous n'êtes pas mariée, avez-vous quelqu'un d'autre dans votre vie ?

Son air indigné amuse Simon.

— Mais non, je n'avais que lui. Et pourtant, rien qu'au service, on m'a invitée plus d'une fois. Même monsieur Gargerin, le directeur administratif, voulait que je dîne avec lui. Et je peux vous dire qu'il y en a qui n'auraient pas hésité une seconde. C'est qu'il a du pouvoir, monsieur Gargerin !

— Et vous avez dit non ?

Le visage de Véronique s'est fermé.

— Robert voulait que j'accepte. Il ne l'aimait pas du tout, le directeur administratif. Chaque fois qu'une note signée de lui atterrissait sur son bureau, il la déchirait sans la lire. Ils avaient eu des mots, une question d'équipement, je crois. Il espérait que j'apprendrais des choses. Il m'a posé plein de questions après.

— Donc vous dînez avec ce Gargerin. Ce monsieur a-t-il compris que vous étiez en service commandé ?

— Sûrement pas. Il boit comme un trou, il passait son temps à chercher mes genoux sous la nappe, moi à l'éviter. Si vous tenez à le savoir, je garde un souvenir épouvantable de cette soirée.

Pauvre petite ! C'est qu'elle l'aimait, son chirurgien. Pour lui, elle était le jardin secret, deux heures de stupre volées dans la semaine, une parenthèse agréable dans la vie de famille, rien de plus.

7

Belot. Le confrère, l'ami. Une amitié sans faille, c'est une opinion unanime dans le service. Quant à sa femme, Simon l'a soupçonnée à tort, la veille du meurtre chez les Freiss. Rien de ce côté-là.

Rose déjeune avec le jeune médecin dans une winstub de la Petite France. Ce que le détective vit en Alsace est rude. Lui qui n'aime pas les chasseurs, leur monde, leurs discours et leurs justifications, le voilà engagé par l'un d'entre eux. Et pas n'importe lequel, un tueur d'enfant ! Soit, c'était un accident, un regrettable accident. Et un privé se doit à son client.

Il accepte donc de suivre le docteur Freiss sur ses terres, de l'accompagner à la chasse, ne peut empêcher le drame. Rageant, tout de même. Il aimerait progresser, comprendre le personnage. Au moins cesser d'avancer dans le brouillard.

— Je sais ce que vous ressentez, monsieur Rose. Mais un homme seul peut-il réussir là ou la gendarmerie et la police scientifique échouent ? À ce que je sache, Freiss n'avait pas d'ennemis ici, à l'hôpital.

— Je me suis laissé dire qu'avec le directeur administratif…

— Oh, tout le monde a eu des mots avec Gargerin. Israël, un collègue de Freiss, qui dirige la pédiatrie, l'a giflé publiquement pendant la cérémonie des vœux de nouvel an. L'éternelle guerre des praticiens et des bureaucrates. De plus, l'homme est admirablement antipathique. Remarquez, avec Robert les choses sont allées assez loin.

Belot hésite, Rose l'encourage.

— Là, vous m'intéressez. Vous savez, les gendarmes dès le début n'ont privilégié qu'une piste : la vengeance, suite à l'accident de chasse. Moi, j'explore les autres.

Le médecin se lance.

— Freiss n'était pas rancunier, mais je me souviens il n'y a pas si longtemps l'avoir entendu jurer qu'il aurait sa peau.

— Voilà, dit le détective, une bonne raison de tailler une bavette avec le directeur Gargerin. La petite Véronique déjà m'avait mis sur la piste.

— L'ennui, reprend le médecin, c'est qu'il a pris quinze jours de congé. Il est aux Canaries, je crois. Rien à dire – tant que ce n'est pas aux frais des hospices civils !

— Ah, parce que...

— Attendez, Rose, moi, je n'affirme rien. Mais Robert avait de sérieux doutes sur le bonhomme. Et l'enquêteur, c'est vous.

8

Il lui faut rentrer à Paris, malgré la frustration d'avoir échoué. Rose ne peut décemment continuer à faire supporter à la veuve du médecin assassiné le prix d'une enquête longue et infructueuse. La veille de son départ, tard le soir, madame Freiss téléphone à son hôtel. Elle est en pleurs, lui demande s'il peut passer. Simon appelle un taxi, vingt minutes plus tard, il entre dans la villa. Hélène semble avoir pleuré toutes les larmes de son corps.

— Je ne savais pas à qui en parler, dit-elle. J'ai eu un tel choc en découvrant ces clichés. Et dire que je n'arrive même pas à lui en vouloir !

Elle conduit le détective dans le bureau de son mari.

— J'ai fait un peu de rangement cet après-midi ; jamais je n'aurais imaginé...

Sur une table sont étalées une vingtaine de photos de Véronique nue, prises sous tous les angles.

— Votre mari était d'un tempérament ardent, voilà tout. Vous les avez trouvées où ?

— La grande solidarité des hommes ! Vous êtes tous les mêmes, Belot m'a dit pareil. Le tiroir du bas, il y a un double fond, je n'ai jamais eu l'idée de regarder.

— À part les photos, vous n'avez rien trouvé ?

— Si, cette enveloppe. De la paperasse, des chiffres, des factures. Je n'ai pas eu le cœur d'étudier ça attentivement.

Simon dépouille les papiers avec avidité. Plusieurs concernent le directeur administratif. Une lettre de fournisseur (sans doute une photocopie) propose du matériel de chirurgie électronique. Un appareil de haute précision d'incision par scanner, d'origine américaine, vaut 99995 euros. À cette lettre est agrafée une page d'un document qui compare budget prévisionnel et budget de l'exercice écoulé. Bingo, Freiss a entouré d'un cercle rouge un chiffre : 199995, la somme payée par l'hôpital pour acquérir l'appareil. Il a suffi à Gargerin d'ajouter un 1 au bon endroit. Le détective jubile, poursuit ses investigations. Autre photocopie : une décision de blâme à l'encontre d'un agent technique, Tayeb Chahir. Freiss a noté à l'encre rouge : « le DG préconise licenciement immédiat pour faute professionnelle grave ».

Gargerin serait intervenu auprès de son supérieur, le directeur général des hospices civils, en faveur de cet agent, domicilié à Saverne. Sûrement pas un hasard.

— Je crois que je vais retarder mon départ de vingt-quatre heures, dit Rose en s'approchant du combiné. Vous permettez ?

Malgré l'heure tardive, le détective compose le numéro de la gendarmerie de Saverne.

9

Simon n'a pas fermé l'œil de la nuit. Si l'hypothèse qu'il échafaude se vérifie, Gargerin aura fait preuve dans la conception et la préméditation d'un machiavélisme comme on en rencontre peu.

À six heures du matin, accompagné du capitaine Schott commandant la brigade de Saverne et de deux gendarmes, Rose se trouve devant la résidence des Chahir, faubourg de Strasbourg. C'est une fermette alsacienne joliment retapée. Tout dort dans la maison. Il faut attendre cinq minutes pour que la porte s'entrouvre.

Une femme entre deux âges, enveloppée dans un caftan richement brodé, les fixe d'un air épouvanté. Un vieillard imposant à barbe blanche la rejoint, il montre sa carte : le grand-père de Tayeb est le président de l'Amicale des travailleurs marocains en Alsace. Bigre, voilà le capitaine dans ses petits souliers. Surtout pas de vagues.

— Monsieur Chahir, nous devons entendre votre petit-fils Tayeb en qualité de témoin, une simple vérification.

— Il ne devrait pas tarder, il a fait le service de nuit. Je ne vous propose pas d'entrer, vous êtes nombreux, les enfants dorment.

Longue attente. Rose a suggéré aux gendarmes d'éloigner leur véhicule et leurs uniformes, il leur fera signe le moment venu. Il se promène dans le jardin, avise un appentis étroit – juste la place de garer une moto ou une mob – dont la porte est fermée par un gros cadenas. Une grosse cylindrée freine brutalement devant la maison. Le conducteur, un homme d'une trentaine d'années, se précipite vers le détective sans prendre le temps de retirer son casque.

— Qu'est-ce que vous foutez là ? Et vous êtes qui d'abord ?

Simon a surpris son regard inquiet vers le réduit. Quand il aperçoit les gendarmes, Tayeb Chahir se ressaisit, mais sa mère apparue sur le perron est prise d'un tremblement nerveux que rien ne semble devoir calmer.

— Laissez mon fils en paix, dit-elle.

— On veut juste lui parler. Vous pouvez rentrer, vous allez prendre froid.

Le type est sur ses gardes. Quand on évoque le directeur administratif, il ne le connaît pas plus que ça. Monsieur Gargerin l'a blâmé pour s'être servi d'un véhicule des hospices civils à des fins personnelles, c'est tout.

— Peut-être, dit Rose, mais pas n'importe quel véhicule. Une ambulance ! Le Gargerin vous a fait une fleur. Il ne vous a rien demandé en retour ? Par exemple de poster une lettre à Saverne ou de téléphoner d'une cabine à un certain docteur ?

Tayeb ne comprend pas. Il jure sur la tête de sa mère, de sa femme, de ses deux enfants que le directeur administratif ne lui a jamais donné la moindre lettre à poster. Schott s'impatiente.

— Bon, on va devoir fouiller la maison.

— La maison, ce n'est peut-être pas nécessaire, dit le détective. Je propose de commencer par la petite cahute, là.

Chahir affirme, poings fermés, qu'il n'a pas les clefs. Le capitaine lui arrache celles de la moto qu'il serre dans sa main droite. L'une des clefs du trousseau est la bonne. Appentis parfaitement rangé, Tayeb est un motard consciencieux. Outils, bidons d'huile, pièces de rechange, rien ne manque à la panoplie. Simon scrute avec minutie les murs de préfabriqué, le sol, le toit. Rien de suspect. Sur le point de ressortir, il lève les yeux au-dessus de la porte. Une étagère supporte un objet emballé dans de la toile. Un fusil à pompe, tiens donc. Il sort, brandit l'arme. Tayeb n'a pas cherché à s'enfuir. La tête dans les épaules, il tend les poignets au gendarmes.

— Finalement, dit Rose, poster une lettre à Saverne, il pouvait le faire lui-même, votre patron. Mais descendre un type à bout portant, ça, il a préféré déléguer. On n'est pas directeur pour rien.

Le fossoyeur de Villefranche

1

Il pleuvait depuis Paris sans rémission. Bien la peine de se balader en décapotable, mais bon, Béatrice dûment capotée ne prenait pas l'eau et le chat qu'elle avait dans le moteur ronronnait comme il se doit.

Simon s'était arrêté pour déjeuner à Thiviers, en Périgord, chez des cousins qu'il ne voyait qu'aux enterrements – dommage, du reste, car on sait recevoir dans ces bourgs à foie gras. Il n'y avait pas échappé, au foie gras, d'oie s'il vous plaît et truffé d'abondance, ni à l'omelette aux cèpes, ni au baron d'agneau du pays. Sauternes et margaux étaient les vins, tenant la dragée haute à ces nourritures exigeantes.

Le café avalé avant de repartir ne suffit pas à dissiper la menace de somnolence. Le détective, sagement, s'était reposé un instant sur une aire prévue à cet effet, quelque part entre Bergerac et Figeac. L'instant avait duré deux heures, ce qui ne surprendra pas les amis de Simon Rose. Il faisait nuit noire quand la Volkswagen entra dans Villefranche-de-Rouergue. Il se gara devant l'hôtel-restaurant Lagarrigue, où il avait réservé. Le temps de prendre ses clefs, de poser son sac, et déjà il arpentait les petites rues sombres et désertes autour de la collégiale Notre-Dame.

Tout en marchant sur les pavés luisants et glissants, Simon repensait à sa rencontre avec le conservateur du Louvre, qui avait entraîné ce voyage à Villefranche. L'homme s'était déplacé rue Vaneau, à l'Agence 2007. La cinquantaine bien sonnée, le crâne dégarni, le regard sévère derrière de fines lunettes à monture métallique, Paul Rosen avait un problème, un gros problème. Deux lignes à l'encre noire, écriture soignée, serrée de personne âgée, sur un bristol qu'il lui mit sous les yeux : *En 1940, elle a dormi quelques mois à l'abbaye de Loc-Dieu. Cela ne lui a pas réussi. Votre Joconde est un faux. Voyez Leo Scudi.*

— Ce genre de message non signé, récrimination ou revendication, vous pensez bien, nous en recevons souvent. Mais Gioconda !

Le conservateur déplia un mouchoir impeccable, s'épongea le front avant de se moucher (le contraire n'est pas à recommander) et ajouta :

— Ce qui m'intrigue, voyez-vous, c'est que Mona Lisa a effectivement séjourné six mois à Villefranche-de-Rouergue, l'été 1940, dans une abbaye cistercienne qui appartient depuis plus d'un siècle à la même famille. La chose est connue. Ce qui l'est moins, c'est qu'à son retour dans les collections nationales, on avait observé des traces de dégradation du cadre. Des traces récentes. On les mit sur le compte du transport, de la manutention. L'un de mes prédécesseurs de l'époque émit néanmoins des doutes. Vous imaginez le scandale si l'ombre d'une rumeur…

— J'imagine, dit Rose. Donc le Louvre veut en avoir le cœur net, et la plus grande discrétion, je présume.

— Vous avez tout compris, dit le conservateur en lui tendant une enveloppe. Voici pour vos frais.

2

Le lendemain tôt dans la matinée, dérogeant à ses habitudes de grand dormeur, Simon attendait devant l'hôtel de ville l'ouverture des bureaux. Le secrétaire de mairie, un sexagénaire ventru, au teint rouge et à l'air rigolard, arriva à neuf heures douze et, voyant le coup d'œil nerveux que le détective avait jeté à sa montre, dit :

— Vous n'êtes pas d'ici, n'est-ce pas ? Vous savez, cela fait trente-deux ans que j'occupe ce poste, il me reste dix-huit mois à tirer, alors faut pas me chercher.

Malgré cette entrée en matière péremptoire, l'homme se révéla d'un naturel enjoué et coopératif. Rose s'était présenté comme un chercheur des musées nationaux, chargé de répertorier les mouvements des grandes œuvres du patrimoine durant la Deuxième Guerre mondiale. Il commença à tout hasard, par demander si un certain Leo Scudi ne vivait pas à Villefranche.

— Par exemple ! dit l'autre en le fixant avec surprise. Vous connaissez Scudi ? Ah, c'était une figure, ce monsieur. Il a peut-être mal fini, mais un talent comme le sien, on n'en trouve pas trois par siècle.

C'était un juif de Prague, encore jeune, trente ans à peine, qui avait débarqué en France dans les derniers jours de 1938, lors de l'invasion des Sudètes par les Allemands. Comment il s'était retrouvé à Villefranche, cela le secrétaire de mairie ne s'en souvenait pas, pas plus que de son vrai nom. Leo Scudi était un pseudo.

— Il avait trouvé un emploi à Loc-Dieu. Locus Dei, Leo Scudi, l'anagramme saute aux yeux. Employé aux écritures, il devait seconder le régisseur du domaine. Celui-ci avait une fille superbe, Léa. Vous devinez la suite. Il tombe amoureux d'elle, elle de lui. Leo et Léa. Le père, qui a des ambitions pour sa fille, ne voit d'abord rien. Quand il comprend, c'est la porte. Scudi s'installe en ville, il y a un poste de fossoyeur à pourvoir. Le voilà aux macchabées, pas vraiment le pied. Mais le garçon a d'autres cordes à son arc.

— La peinture, par exemple ? demande Rose.

— Exactement. Il était doué, vraiment. Il a rafraîchi la voûte en bois de la chapelle des Pénitents noirs. Tout cela, on me l'a raconté par la suite. Quand j'ai pris mon poste en 65, il était à Rodez, au centre pénitentiaire, impliqué dans une affaire de fausse monnaie. Il s'est pendu dans sa cellule peu avant le procès. J'y pense, il y en a une qui doit en savoir bien plus long que moi, c'est Léa. On a fêté ses soixante-quinze ans en mars dernier. La fanfare a joué sous ses fenêtres, madame n'a pas daigné ouvrir ses volets. Triste, non ?

Triste, comme Béatrice sous la pluie. Leo Scudi, faussaire et fossoyeur, murmura le détective en mettant le contact. Ce type me botte.

3

Léa Vignal habite un pavillon récent, à l'ouest du bourg, sur une hauteur du Causse. La terrasse offre une vue panoramique sur Villefranche et ses environs. La vieille dame est chez elle et, prévenue par le secrétaire de mairie, attend sa visite. Elle le reçoit dans un salon aux rideaux à peine entrouverts. Simon tombe en arrêt, en adoration plutôt, devant un portrait de Léa jeune fille.

— L'homme qui a peint cela, dit-il, devait être amoureux fou de son modèle.

— Mais c'est que j'étais ainsi, figurez-vous !

Un beau sourire illumine ses traits. Elle ajoute :

— Vous avez raison, il était – nous étions très amoureux. Et nous le sommes restés jusqu'à sa mort. C'est pour lui que je ne me suis jamais mariée. Le plus drôle est que ce pauvre monsieur Valette, mon prétendant, a fait de même. Je le vois parfois au marché ou, le dimanche matin, à la collégiale. Gaëtan a mal vieilli, l'amertume lui a tordu la face en une grimace à la André Sulpice. Au moins, grâce à Leo, j'aurai échappé à ce vilain tête à tête.

Le détective regarde autour de lui, il n'y a pas d'autre dessin sur les murs de la pièce.

— J'ai deux, trois choses de sa main, dit-elle, devinant sa pensée. La plus amusante est dans ma chambre, je ne la montre pas souvent.

Ils montent au premier. Il y a là dans la pénombre, parmi les meubles et objets anciens, comme un petit musée. On a peine à imaginer la chambre habitée. Mademoiselle Vignal lève les rideaux. Sur le mur en face du lit est accrochée une copie, fort approximative, de la Joconde. Le peintre s'est contenté de remplacer le visage de Mona Lisa par celui de Léa, mais le sourire, le fameux sourire énigmatique, est là.

— Il a peint ce tableau en 41, de mémoire, dit-elle. Il avait pu admirer l'original à l'abbaye de Loc-Dieu, où Leo travaillait à l'époque. Plusieurs caisses venant du Louvre y furent entreposées pendant quelques mois. On craignait un bombardement sur la capitale.

Le détective s'approche pour étudier un détail et demande :

— Vous a-t-il fait écouter de la musique quand vous posiez ?

— En effet, comment le savez-vous ?

— On raconte que la jeune fille n'était pas un modèle facile. Pour chasser de ses traits l'expression maussade qu'elle opposait au maître, Léonard exigea des musiciens. La belle enfin sourit. La Joconde serait donc une allégorie de la musique.

— C'est une légende, dit la vieille dame. Mais elle me plaît.

— Que s'est-il passé en 42 ? Qui a dénoncé Leo à votre père ?

— Gaëtan Valette, monsieur. Il était jaloux. J'aurais pu lui pardonner cela, mais quelques mois plus tard, il y a eu une autre dénonciation, bien plus grave. Rappelez-vous, Leo était juif. La Gestapo a débarqué, il s'en est fallu d'un cheveu qu'il ne finisse en camp d'extermination.

— Vous êtes sûre que c'est Valette ?

— J'en ai l'intime conviction, pas la preuve formelle.

— Il est vrai qu'en 42, observe Simon, un Français sur cent était résistant, trente collabos ou maréchalistes, le reste atteint de cécité élective.

4

Après déjeuner, Rose est monté dans sa chambre avec la ferme intention de prolonger sa sieste au-delà du raisonnable. La sonnerie du téléphone pénètre dans son sommeil avec la discrétion d'une épingle dans une fesse.

— Oui, quoi ?

— Vous dormiez ?

— Je ne dormais pas, je ruminais.

Nuance. C'est Rosen, le conservateur du Louvre. Le fonctionnaire veut savoir s'il avance.

— À pas de géant, monsieur. Vous saurez tout sous quarante-huit heures.

Il raccroche aussi sec, consulte sa montre : bigre, déjà dix-sept heures, il n'a dormi que deux heures, mais bon, le monde appartient à ceux qui couchent tôt et lèvent tard.

Monsieur Valette, s'est-il laissé dire, vient poser son maigre séant tous les soirs que Dieu Pernod fait au bar du Globe, place de la République. Pas besoin de présentation, le prétendant malheureux de Léa ressemble trait pour trait à ce qu'en dit la vieille dame. La brosse avalée il y a plus de cinquante ans ne passe toujours pas, continue de lui racler la vésicule biliaire et de lui jaunir le teint.

— Je peux ? dit le détective.

Sans attendre la réponse, il prend place en face du vieillard. Celui-ci, le jaugeant du regard, émet un ricanement.

— C'est vous que le Louvre a envoyé à Villefranche ? On n'est pas sorti de l'auberge.

Pour la discrétion, c'est râpé. Le vieux insiste :

— La rumeur va vite, dans une petite ville comme la nôtre.

— Vous en savez quelque chose, dit Rose. Je suppose que vous êtes l'auteur de la lettre au conservateur en chef ?

— Apprenez, jeune homme, qu'il y a des moments dans la vie où le courage est de parler. Je me flatte d'être de ces citoyens qui ne reculent jamais devant la vérité.

Monsieur Valette a une conception très personnelle de la délation.

— C'est vrai que Scudi était juif, dit Simon, prenant un air conciliant.

— N'est-ce pas. Et s'il n'y avait que cela ! Un escroc, un faussaire, voilà ce qu'il était. Un homme capable d'imprimer de la fausse monnaie peut aussi s'approprier un Léonard de Vinci, si l'occasion lui en est donnée.

Rose fixe, fasciné, le verre d'alcool qui tremble dans la main de Valette. L'homme tout en os et en nerfs assis face à lui ne prend pas la peine de dissimuler le sentiment que lui inspire, aujourd'hui encore, son rival disparu. Quel paquet de haine rentrée ! Tant qu'il lui restera un souffle de vie, le détective en est persuadé, Gaëtan cherchera à nuire.

— Expliquez-moi, monsieur Valette, comment un exilé tchèque réfugié en France aurait pu s'emparer d'un tableau aussi fameux de Léonard de Vinci.

Gaëtan grimace un sourire.

— Il a eu tout le temps en 40, quand le Louvre a expédié par caisses entières des œuvres célèbres à l'abbaye, d'étudier, de copier – par exemple la Joconde. Elle figurait dans le lot.

Rose reste incrédule.

— Il aurait substitué la copie à l'original sans que personne ne s'en aperçoive ? J'ai du mal à le croire.

Le vieil homme n'en démordra pas.

— Comme faussaire, il était doué. Il a pu se procurer chez un antiquaire une croûte quelconque du seizième siècle, nettoyer la toile et l'utiliser comme support. Trouver un cadre identique ou le reproduire n'était pas un problème pour Scudi.

— Nous n'en saurons sans doute jamais rien, dit Rose. Le fossoyeur a emporté son secret dans la tombe.

— Quoi, vous abandonnez déjà ? Faites votre devoir, jeune homme, comme j'ai fait le mien.

— En le dénonçant à la Gestapo ?

Le visage de Gaëtan Valette se ferme sur un rictus hideux. Le bonhomme assume son ignominie. Il n'est pas le seul.

5

Le lendemain était dimanche. La pluie avait enfin cessé. Les cloches sonnaient pour la messe de onze heures. Simon ajouta le poids de ses péchés à ceux du flot des paroissiens qui se dirigeaient vers l'église Notre-Dame.

Madame Rose eût apprécié que son rejeton pensât à honorer ses origines.

Rue Saint-Martial, il observa Valette qui avait ralenti le pas, comme s'il attendait quelqu'un. En pénétrant sous les arcades, le détective comprit la signification de ce manège. Mademoiselle Vignal, en tailleur blanc et chapeau rose à voilette, venait d'apparaître à la hauteur du porche de l'église. Le vieillard lui emboîta le pas et, comme tous les dimanches, Léa fit semblant de ne rien remarquer.

Ils avaient pris place à deux bancs l'un de l'autre dans la nef unique et sous le regard de Simon. Le détective ne cessait de penser à ce qui était arrivé au portrait de madame Francesco del Giocondo en 1910. La Joconde fut bel et bien volée cette année-là. Il fallut attendre une année pour la retrouver, intacte, chez un antiquaire italien qui fut poursuivi pour recel. À l'époque déjà, on émit des réserves sur son authenticité lors de sa restitution au Louvre.

Il se décida subitement, au moment de l'eucharistie, quand les fidèles chantèrent *Seigneur, je ne suis pas digne de Te recevoir, mais dis une seule parole et je serai guéri*. Le spectacle écœurant du vieux Valette se levant pour communier, à la suite de Léa, acheva de le convaincre. Décidément Jésus n'était pas regardant.

Béatrice l'attendait place André Lescure. Le soleil était vif, il roula, capote baissée, vers les hauteurs de l'ouest. Il passa lentement devant le pavillon de Léa, se rangea un peu plus loin. La rue semblait endormie, vidée de ses habitants. Les pratiquants étaient à la messe, les mécréants au café. La porte du jardinet n'opposa aucune résistance. À l'arrière, la cuisine avait un balcon qu'il escalada sans difficulté.

Une fois dans la maison, il ne s'attarda pas dans la pièce où mademoiselle Vignal prétendait dormir. Sa chambre, la vraie, celle qu'elle avait préféré ne pas lui montrer, était en face. Dans la pénombre, il distingua une télécommande sur la table de nuit et pressa une touche. Le rideau se leva avec un léger grincement de chaîne mal graissée. Simon accueillit la lumière du jour avec soulagement.

Il n'y avait pas le moindre tableau sur les murs, juste quelques photos d'ancêtres et un vaste miroir, en face du lit, qui pouvait donner à penser que Leo, avant sa triste fin, avait connu ici quelques moments heureux. Rose était sur le point de sortir quand, appuyant sur une touche de la télécommande pour baisser le rideau, il vit le miroir coulisser doucement vers la gauche.

L'amant de Léa avait bien fait les choses. La Joconde, ou son double, était là pour elle seule, évocable à merci d'une simple pression du doigt, à l'abri de la lumière et des regards indiscrets. Simon pariait pour l'original.

De retour à l'hôtel, le détective voulut joindre Rosen sur son portable. Le conservateur s'était mis aux abonnés absents pour le week-end. Rose expédia un fax à son commanditaire, ainsi libellé : *Enquête terminée. Vu Mona Lisa en parfait état chez mademoiselle Léa Vignal, demeurant à Villefranche. Cette dame pense posséder une copie de la main de Leo Scudi, actif en Rouergue de 1940 à 1965. Un échange discret ne posera aucun problème. Je passe au Louvre demain vers dix heures pour plus de détails.*

Au dernier moment, Simon avait remplacé dix heures par midi – non mais.

Orgues fatales.

1

Décembre était humide et froid, Paris avait sa tête des mauvais jours, le maussade et le morose semblaient s'être ligués pour rendre la vie triste et noire. Le détective trouvait la période décidément interminable comme si le mois le plus détestable de l'année devait ne jamais finir. Pour couronner le tout, l'avant-veille de Noël, il avait conduit sa mère à Cochin pour des examens. Elle devait rentrer le soir, mais n'était guère optimiste :

— Tout ceci n'annonce rien de bon, Simon. Crois-en ma vieille expérience, je sens venir la fin.

— Maman, tu n'as que soixante-neuf ans et de ton côté, on ne meurt jamais avant quatre-vingt-dix ans, c'est toi qui me l'as dit.

Quand Rose, lors de sa séance hebdomadaire, s'en ouvrit à Joussely, l'ancien Jésuite eut un sourire entendu et engouffra coup sur coup deux truffes de chocolat amer qui le firent éternuer. Il en avait proposé à son patient, mais celui-ci déclina l'invitation. L'analyste attrapa son agenda et dit, en se tapotant les commissures des lèvres avec un mouchoir en papier :

— Vous ne savez pas ce que vous perdez, elles viennent de chez Hévin. Le cadeau d'une cliente qui est persuadée d'ennuyer tout le monde et d'abord son analyste.

— Lequel, dit Simon plus vivement qu'il n'aurait voulu, est pourtant grassement payé pour la supporter !

Jousselу eut un sourire à la fois gourmand et contrarié.

— Je ne vous le fais pas dire, mon cher. Me le reprocheriez-vous ? Je suis sûr que non. Quant à cette méchante période dont vous me parlez, les astres en effet nous sont hostiles et la lune cette nuit sera plus mince qu'une rognure d'ongle. Ce n'est pas elle qui va éclairer la scène du crime. Au fait, votre mère est de quel signe ?

Rien qu'à Paris, songea Rose en quittant son analyste, des milliers de personnes avaient eu ou auraient ce genre de conversation. S'il lui arrivait de lire des horoscopes, c'était pour en rire, tant les commentaires étaient interchangeables et moralisants, comme si les rédacteurs étaient rétribués par les patrons pour faire travailler le menu peuple.

Cette pensée ne fit que l'enfoncer davantage dans la mélancolie des temps de fête où il pataugeait, comme dans la neige fondue, depuis son adolescence. Chrétien, il n'était plus très sûr de l'être, malgré sa mère qui ne manquait pas une messe dominicale. Il regrettait déjà de lui avoir promis de l'accompagner à celle de minuit. Noël et son indigestion de bons sentiments l'attristaient plus que tout.

Mais bon, pas de panique, tout n'était pas si noir : on gagnait deux minutes de lumière chaque jour.

2

Ce 25 décembre de l'an 2003, vers onze heures du matin, Simon prenait son petit déjeuner dans la cuisine, seul. Levé du pied gauche, il avait embrassé sa mère sur la joue droite en lui souhaitant un joyeux Noël sans conviction. Affectée par la tiédeur de son fils, elle s'éclipsa sans dire un mot. Madame Rose et lui avaient parfois, ces derniers mois, de petits moments d'agacement réciproque que le temps n'arrangeait pas.

Il finissait de napper de marmelade d'orange une épaisse tranche de pain brioché quand la sonnerie du téléphone fit dévier sa petite cuillère. Il décrocha et dit, d'une voix d'enterrement :

— Joyeux Noël et bonne année.

— Oui, merci, dit Venturini, amusé. Mes vœux de bonne fête également. Pour la nouvelle année, patientons encore quelques jours. Je vous appelais pour tout autre chose. Nous avons eu deux homicides la nuit dernière, plus quelques suicides comme toutes les nuits de Noël. Mais pour ces deux-là, il s'agit de meurtres et pas n'importe lesquels.

Il devait être dans un sacré pétrin, le Corse, pour faire appel à lui un jour comme celui-là !

— Attendez commissaire, dit Rose en réprimant un bâillement. Je ne suis pas de service, moi.

Il y eut un silence à l'autre bout du fil. Le divisionnaire espérait un accueil plus compréhensif. Il reprit, sur un ton plus froid :

— Si je vous dérange, bien sûr...

— Non, je blaguais. Cela m'intéresse même tellement que je fonce au Quai. Les fêtes, moi, vous savez. Un quart d'heure montre en main, et je suis dans votre bureau.

— J'allais vous le proposer, nous attendons les résultats du labo.

Une bonne demi-heure plus tard – la Coccinelle n'avait pas démarré –, le détective prenait place sur la chaise que lui désignait le policier.

— Voilà les faits, Rose. À quelques heures d'intervalle, deux prêtres ont été assassinés à Paris dans des circonstances et d'une manière absolument similaires. Le 24, hier soir donc, un peu avant minuit, l'abbé Jean Laurent, de la paroisse Saint-Germain, sixième arrondissement, vient de célébrer la messe de minuit, qui avait commencé à vingt-deux heures trente : on l'égorge dans la sacristie. Ce matin, peu avant huit heures, le père Michel Koering, curé de la paroisse Saint-Vincent de Paul, dixième, s'apprête à célébrer la première messe du jour de Noël. Il est égorgé dans la sacristie. Alors, cela vous intéresse toujours ?

— Bon Dieu, et comment ! Les meurtres d'ecclésiastiques m'ont toujours passionné, et ce dès mon plus jeune âge.

— Il se fiche de moi. Enfin là, Rose, vous serez gâté. Figurez-vous que quelqu'un nous téléphone ce matin à l'ouverture des bureaux, peu après neuf heures, pour signaler qu'il vient de déposer une lettre à la permanence d'accueil. Le planton n'a pas vu notre homme, mais le pli était bien là.

— On est sûr qu'il s'agit du tueur ?

— Forte probabilité. Aucune radio ni télé n'a encore l'info, et il y a peu de chance qu'un fidèle venu entendre la messe de minuit à Saint-Germain se rende au petit matin à Saint-Vincent de Paul pour ouïr la première messe du jour de Noël.

C'était l'évidence même. Le commissaire lui tendit le message, composé sur un ordinateur standard et sorti sur imprimante laser.

L'abbé Laurent de Saint-Germain et le père Koering de Saint-Vincent de Paul ont vu leur activité pastorale brutalement interrompue dans la sainte, la douce nuit de Noël. La série est courte, mais rien n'interdit d'espérer qu'elle s'étoffe et prospère dans un avenir proche. Dans la longue histoire criminelle de l'Église, où c'est Noël tous les jours, elle ne sera qu'un détail.

— Le serial killer spécialisé dans la soutane, dit le détective, voilà une expérience nouvelle pour moi.

Le commissaire lisait et relisait la prose du tueur.

— C'est plutôt bien tourné. Il connaît les curés et leur langage, il a des lettres, de l'humour. Comme canular, ç'aurait été parfait. Dommage qu'il soit passé à l'acte. Et à mon avis, il n'en restera pas là.

— Pour ce qui est d'attirer l'attention de la police, dit Simon, il est fortiche. Et à voir comment vous réagissez, m'est avis qu'il vous tient par la barbichette.

— Pourquoi vous dites ça ? Vous pensez à un autre mobile ? Ce genre d'individu fera tout pour ne pas se déjuger.

— Peut-être. Mais gare aux fausses pistes, commissaire. Ce type m'a l'air d'un fameux mythomane.

Simon se garda de dire à Venturini que l'homme n'avait pas tort sur toute la ligne : l'histoire criminelle de l'Église est en effet longue, il suffit de penser aux conversions forcées, à la conquête de l'Amérique, à l'Inquisition, à la colonisation africaine. Sans même évoquer le silence du Vatican face à l'extermination des juifs, ou l'hyperactivité apostolique des prêtres pédérastes.

3

Venturini et Rose étaient d'accord sur un point. Sauf en littérature, le meurtre est rarement un acte gratuit. L'assassin devait avoir d'autres mobiles que ceux allégués publiquement. Dans son message, il affirmait vouloir attirer l'attention sur la signification philosophique de son geste. Mais en se présentant comme l'homme d'une idée, il cherchait sans doute à détourner l'attention de la police des véritables raisons de son crime.

Qu'il eût choisi des prêtres n'était sans doute pas un hasard. Et la nuit de Noël ?

Bien sûr, les enquêteurs du Quai des Orfèvres avaient recherché les points de contact dans la vie des deux religieux. On n'en trouva aucun. L'abbé Jean Laurent et le père Michel Koering ne se connaissaient pas, ne s'étaient jamais rencontrés.

Très actifs l'un et l'autre, ils ne fréquentaient ensemble aucun des nombreux cercles de la vie associative catholique, ce que pouvait expliquer la différence de génération : l'abbé n'avait que trente ans, dont deux seulement d'expérience pastorale, il avait fait sa théologie au séminaire de Strasbourg. Le père à cinquante-huit ans avait fêté récemment son jubilé. Ses trente années de service sacerdotal devaient prochainement se voir couronnées par un chapeau de chanoine.

Ils étaient sans fortune personnelle.

On ne connaissait au plus jeune aucune relation intime, homme ou femme, qui pût défrayer la chronique. Le plus âgé en revanche avait une liaison ancienne et discrète (connue et tolérée par sa hiérarchie) avec une veuve de la paroisse. Après tout, disait-il, il n'y avait pas d'enfant, il ne prenait rien à personne et, s'il respectait le célibat, il n'avait jamais, n'étant pas moine, fait vœu de chasteté.

4

L'église Saint-Germain, le détective y a souvent accompagné sa mère. Atmosphère feutrée pour piété douillette, on s'y sent à l'abri, et dans la mauvaise saison la bise n'y entre pas : les âmes pieuses des beaux quartiers qui s'y prélassent le dimanche ont ajouté une porte en verre pour chasser les courants d'air.

Une jeune hôtesse se tient à l'accueil comme dans n'importe quelle agence bancaire, mais les traites à tirer sur l'éternité se font rares. Elle appelle le curé Mangin qui veut bien recevoir le détective sur les lieux du drame, dans la sacristie. C'est un homme âgé, cheveux blancs tout fous, regard perdu. Il a les mains rouges et gonflées.

— Jean était la chance de cette paroisse. Ce n'est pas pour rien qu'il portait le nom de l'apôtre préféré du Christ. Il était comme ces prêtres des premiers siècles, une foi à soulever des montagnes. Il ne voyait dans l'Évangile qu'un message d'amour fraternel, pas un cadre dogmatique. Je ne pourrai pas pardonner, ça non. Et je m'en veux...

— Ne me dites pas que vous l'avez tué ?

Le prêtre fixa son interlocuteur d'un air accablé.

— C'est tout comme. Je devais dire la messe de minuit. À cinq heures de l'après-midi, j'ai eu un malaise. On a appelé l'abbé Jean, qui m'a remplacé au pied levé. C'est moi qu'on aurait dû trouver ici, la gorge tranchée.

— Qui était au courant ?

— Personne. L'essentiel était que l'office fût assuré, et l'église pleine. Quand la police m'a interrogé, je n'ai pas pensé à le signaler. C'est important ?

— Je crois bien, dit Rose. Cela semble montrer que le tueur ne se souciait aucunement de l'identité de sa victime. Il voulait supprimer un prêtre avant minuit, n'importe lequel.

Le curé le fixait, les yeux exorbités comme s'il était le diable. Ou le Messie. Rose craignait que le vieil homme ne refît un malaise, mais il le raccompagna jusqu'à l'entrée et lui serra longuement la main.

5

Le lendemain, Simon prit la voiture pour poursuivre son enquête. Il avait pu vérifier, en téléphonant à Venturini, que la police n'avait guère progressé. Le détective connaissait mal l'Est parisien et s'aventurait rarement au volant de Béatrice, qui cette fois avait démarré sans difficulté, au-delà des grands boulevards.

Au lieu d'arriver par la rue Lafayette, il s'était fourvoyé dans un lacis de ruelles à sens unique que bloquaient sans vergogne des camionnettes de livraison. Place Franz Liszt, il tourna à gauche et se gara en désespoir de cause dans un parking couvert où les emplacements étaient loués au mois. Il confia les clefs de la Coccinelle au gardien dont l'air niais se colora d'étonnement. La pièce de deux euros qu'il lui tendit supprima l'étonnement.

Il avait prévenu le presbytère de sa visite. Le curé était en déplacement, mais un prêtre le recevrait. Saint-Vincent de Paul est un bâtiment considérable construit au 19e siècle au sommet d'une petite butte transformée en square. La façade copie celle d'une célèbre église romaine, l'intérieur cossu et grandiloquent manifeste la spiritualité à bedaine d'une bourgeoisie triomphante.

La nef était vide. Quelqu'un jouait de l'orgue. Simon prit place sur un banc pour écouter. Il avait un faible pour cet instrument capable de moduler des cantilènes délicates et plaintives comme de déchaîner de fracassantes cataractes sonores.

L'organiste improvisait. Rose reconnut brièvement un motif d'une cantate de Bach, *Jésus, que ma joie demeure,* mais très vite la mélodie se perdait dans d'étranges combinaisons chromatiques qui faisaient plutôt penser à Messiaen. Le détective en tout cas était captivé, au point qu'il ne prêta qu'une attention distraite au passage furtif dans l'allée centrale d'un homme d'une soixante d'années, grand et maigre. Comme il était vêtu de noir, Rose le prit pour un prêtre.

Il disparut de son champ de vision et fut remplacé par une longue file de handicapés, certains en chariot, encadrés par leurs éducateurs, et tout ce monde se dirigeait vers une chapelle latérale où une messe serait célébrée à leur intention. La musique, comme pour saluer leur entrée, avait pris une forme biscornue et vaguement persifleuse. Elle cessa brusquement, on entendait des éclats de voix provenant de la tribune.

Simon se retourna et leva les yeux : la haute silhouette de l'homme en noir masquait partiellement la console qu'éclairait un projecteur fixé à une colonne. Il invectivait l'organiste :

— Vous n'avez pas à toucher cet instrument, vous le savez. Je suis le seul habilité, je ne sais pas ce qui me retient...

L'abbé qui devait dire la messe arrivait en courant. Le détective l'entendit qui marmonnait :

— Et voilà, ça recommence !

Il lui emboîta le pas. Campé au pied de la tribune, le prêtre ordonna aux deux protagonistes de descendre immédiatement. Le premier à obtempérer fut le disciple de Messiaen, un garçon d'à peine vingt-cinq ans, fluet, visage poupin et cheveux châtain mi-longs.

— Il est complètement à la masse, Giraud, dit-il encore rouge de confusion.

Il brandissait un papier dactylographié.

— J'ai pourtant la lettre du père Koering qui m'autorise à jouer à certaines heures.

— Oui, et à dérégler mes registres, dit l'autre descendu à son tour et tout aussi fulminant. Père Koering ou pas, tant que je serai l'organiste attitré de cette paroisse, je n'admettrai pas que l'on touche à mon instrument.

Il était maladroit de s'attaquer à la mémoire d'un défunt révéré, l'abbé le remit sèchement à sa place.

— Personne n'est irremplaçable. Je vous demande à tous deux de régler votre différend à l'extérieur de l'église, j'ai une messe à célébrer, moi.

Comme il regagnait le chœur, il se tourna vers le détective.

— Vous êtes Simon Rose, n'est-ce pas ? C'est moi que vous avez eu au téléphone. Navré, je suis le seul vicaire disponible et je dois d'abord dire la messe. En attendant, vous pourriez peut-être arbitrer cette querelle d'organistes ?

Robert Giraud lui tendit une main froide et molle en essayant de faire naître un sourire sur son visage naturellement fermé à toute manifestation de sympathie.

— Je suis le titulaire des orgues de Saint-Vincent. Comme elles ont été restaurées récemment, vous comprendrez que je tienne à ce qu'elles soient traitées avec délicatesse et doigté.

Le plus jeune éclata de rire.

— Il en parle comme d'une vieille dame à ménager. Je me présente : Olivier Ménestrier, étudiant au conservatoire de Rueil-Malmaison, dans la classe de François-Henri Houbart. Le regretté père Koering m'a autorisé à jouer à certaines heures, et je dois remplacer monsieur Giraud quand il n'est pas disponible.

— Je suis toujours là quand on me prévient à temps, dit le titulaire, qui s'efforçait de ne pas regarder son collègue.

Le détective hocha la tête d'un air ennuyé et posa à Giraud une question de pure routine :

— Vous étiez où le 25 décembre, tôt le matin ?

— À l'heure où le pauvre Koering se faisait trucider, j'étais à cent cinquante kilomètres de Paris, chez ma sœur à Verneuil-sur-Avre. J'ai pris mon petit déjeuner dans la cuisine, autour de huit heures, avec elle, son mari et l'aînée de ses filles. Et du reste, monsieur l'enquêteur, je m'entendais fort bien avec le père. Ce n'est pas ce blanc-bec qui m'aurait brouillé avec lui.

Rose n'insista pas. Après tout, il n'avait pas à se substituer à la police. Mais l'autre tenait à pousser son avantage :

— Je lis les journaux, moi aussi. La veille au soir, quand on égorgeait un prêtre à Saint-Germain, je jouais la messe de minuit ici même. Désolé pour le serial killer de la Noël, je me sens un peu vieux pour le rôle.

6

La concierge du 79, rue du Faubourg-Poissonnière n'a pas sa langue dans la poche.

— Un prêtre, vous vous rendez compte ! Et on s'étonne que les églises soient vides. Remarquez, je l'aimais bien, ce curé. Comment il a pu s'enticher d'une Polonaise, et qu'est plus toute jeune non plus, ça, je me le demande encore.

Olga Lensdorff habite au troisième sur cour. Pas facile de la dénicher, la « veuve » du père Koering. L'abbé avec lequel Rose a bavardé après la messe a fait la sourde oreille. Le défunt avait une amie dans le quartier ? Possible, il ne s'intéressait pas à ce genre de ragots. Il décrit son collègue comme un homme dévoué, carré, peu diplomate, aimé des enfants et des personnes âgées, intolérant dans certains domaines, comme le sexe ou la drogue. C'est d'ailleurs pourquoi Koering ne s'entendait pas avec l'organiste attitré, dont la préférence pour les garçons est connue, vous l'avez sûrement remarqué ?

— Non, dit Simon, je ne m'intéresse pas à ce genre de ragots.

Avec Olga, et malgré son chagrin, le courant passe mieux. Rose est tout de suite à l'aise. L'appartement est petit, mais impeccable et joliment décoré. Il lui a fallu retirer ses chaussures avant d'entrer, une coutume de son pays. Au salon, sous le crucifix, une photo du père. Elle n'évite pas le problème.

— Mon ami fait partie de ces prêtres persuadés que le mariage n'aurait pas été un frein à leur apostolat, au contraire.

— L'Église y viendra, dit Simon, conciliant.

— Oui, mais après combien de renoncements, de vies étriquées ou brisées ? Le père Koering détestait l'hypocrite misogynie de ces prélats à demi gâteux qui ferment les yeux sur une affaire de bambins attouchés, mais hurlent au crime quand un religieux est surpris avec une femme. Ou alors la vocation ne devrait toucher que des hommes sans force et sans sève ?

Sève est un mot que Rose trouve juteux. Cette femme a la cinquantaine, mais elle est restée belle et la colère lui va bien. Une tasse de thé ? Volontiers. Les petits gâteaux maison sont exquis. Un sourire passe sur le visage d'Olga.

— C'est drôle de s'appeler Rose. On a dû souvent vous asticoter là-dessus. Pourquoi un enquêteur ne porterait-il pas un nom de fleur ? À l'hôpital – j'exerce comme psychologue à Lariboisière –, on est très attentif aux questions de nom.

Simon préfère changer de sujet.

— Pardon d'être brutal, mais j'aimerais savoir si vous avez une explication pour ce meurtre.

— J'ai lu la presse. Je ne crois pas à cette histoire de serial killer de Noël. Il faut beaucoup de haine pour tuer deux hommes coup sur coup et de cette façon. On a parlé de rasoir ou de bistouri. Et comment haïr des inconnus ? D'un autre côté, le père n'avait pas d'ennemis. Personne ne l'a jamais menacé.

— Pas même Robert Giraud, l'organiste ?

Cette idée la fit rire.

— Ah, c'était pas le grand amour entre eux. De là à s'entretuer, non. On écoutait pourtant beaucoup de musique classique, mais l'orgue non. Il y était réfractaire. Trop de bruit, disait-il.

7

Mauvaise nuit pour Simon. Insomnie, cauchemar, puis au petit matin cette sorte de rumination noire qui conduit parfois à la soudaine élucidation d'une affaire jusque-là inextricable. Ce genre d'intuition n'a rien de miraculeux. Il s'agit plutôt d'un changement de perspective dans l'analyse des données. Le fait par exemple que l'on tienne compte d'observations subliminales d'abord négligées au cours d'un entretien : un regard, une intonation qui contredisent une première impression.

Rose passe en revue tous les détails de sa visite à Saint-Vincent de Paul, l'improvisation à l'orgue, la procession des handicapés, la dispute entre les deux musiciens, l'abbé courant dans l'allée centrale. Dans la matinée, un coup de fil du Quai des orfèvres lui apprend les résultats définitifs de l'autopsie : les deux prêtres ont été égorgés avec la même arme, mais pas avec la même force ni la même netteté. Le serial killer pourrait cacher deux meurtriers.

Plus surprenant encore, le père Koering a été préalablement drogué. On a retrouvé une dose massive de somnifère mélangé à de l'Efferalgan dans le verre dont s'est servi le prêtre. Maux de tête, fébrilité, il a sans doute voulu prendre de l'aspirine effervescente avant de dire la messe. Il se sent soudain las et faible, se laisse tomber sur une chaise avec une forte envie de s'abandonner au sommeil. Et c'est à ce moment-là que l'agresseur le surprend.

Or le père Koering était un homme robuste. Tout le contraire de l'abbé Laurent, qui n'a pas été drogué, lui.

Tout cela suppose un meurtre froidement calculé, préparé, dosé avec minutie. Le détective sait qu'il lui faut suivre son intuition. Venturini a réagi mollement quand il lui a raconté sa visite à Saint-Vincent de Paul.

— Vous croyez vraiment que nous devrions le convoquer ?

8

Robert Giraud habite près de l'église, rue des Petits-Hôtels. La concierge est portugaise et aimable comme le sont les concierges portugaises de Paris.

— Pas de chance, monsieur Giraud vient juste de sortir. C'était pourquoi ?

Aimable et pas curieuse pour un sou.

— Oh, ça ne fait rien. Je le verrai à l'église.

Il retourne sur ses pas, ouvre tranquillement la porte d'entrée qu'il laisse se refermer avec un bruit mat, tout en restant dans l'immeuble. Rose compte dix secondes et s'approche de l'escalier. La gardienne a disparu au fond de sa loge. Le tapis miteux qui couvre les marches absorbe ses pas.

Troisième à droite.

Le détective sort de sa poche un véritable trousseau de monte-en-l'air. Mais Giraud est blindé, et la serrure du genre à résister aux meilleurs pros. Simon est sur le point de renoncer, voilà que la porte s'ouvre. Le jeune Olivier Ménestrier, en robe de chambre, l'invite à entrer.

Inviter est une façon de parler, puisque ce charmant garçon tient dans sa main droite et braque sur lui un pistolet automatique Manurhin à six coups dont la gendarmerie était dotée il n'y a pas si longtemps.

— Monsieur Rose ! Je l'aurais parié. J'ai dit à mon ami : méfie-toi, il n'est pas aussi idiot qu'il en a l'air. Prenez ce fauteuil et attention, je ne suis pas un expert en armes à feu, j'ai l'impression que celle-ci a la détente sensible.

— À votre place, dit Simon, je ne me réjouirais pas. Je ne suis pas le seul à avoir déjoué votre abominable petite machination.

— Ta ta ta, tout de suite les grands mots ! Je suis sûr au contraire que vous n'avez rien dit à personne. Et Robert ne sera pas long.

Tout en continuant à pointer son arme sur le détective, il se promène de long en large, ne tient pas en place. Il va bientôt s'écrouler, Rose en est persuadé, mais surtout ne pas le brusquer. Pris d'une soudaine inspiration, Ménestrier plonge la main gauche dans le tiroir d'un secrétaire et en retire un étui, qu'il ouvre. Apparaît un instrument de chirurgie qui étincelle comme une pièce d'argenterie.

— Magnifique, n'est-ce pas ? C'est aussi tranchant qu'un rasoir et aussi puissant qu'un couteau de veneur.

Il se laisse tomber sur le canapé en face du détective, la mine brusquement décomposée.

— Comment vous avez fait ? dit-il, d'une voix altérée.

9

— J'ai repensé à la petite comédie que vous m'avez jouée à l'église. Le mieux est l'ennemi du bien. Giraud a découvert en passant à la sacristie le message annonçant qu'un enquêteur allait venir. Vous vous êtes dit qu'une altercation entre vous égarerait d'éventuels soupçons de complicité.

— Vous voulez me faire croire que vous avez deviné tout de suite ?

— Non. Sur le coup, je dois reconnaître que j'ai marché, comme l'abbé. Mais voilà, il y a des gestes, des attitudes qui ne trompent pas. C'était une scène de couple. De là, les déductions s'enchaînent : chacun de vous s'est chargé d'une moitié du travail. Le 24, un peu avant dix heures du soir, votre ami Giraud monte à l'orgue et commence à improviser. Je suis presque sûr que vous êtes déjà sur la tribune. Très vite, vous prenez sa place devant les claviers. Il fonce à Saint-Germain, personne ne prête attention à lui quand il pénètre dans la sacristie. L'abbé Laurent lui tourne le dos, en parfaite victime expiatoire. Lui ou un autre, peu importe, n'est-ce pas : ce premier meurtre doit servir à nourrir la fiction, assez réussie je l'avoue, d'un serial killer de la nuit de Noël. C'est vous qui en avez eu l'idée ?

Ménestrier le fixe d'un air absent, ne répond pas. Sa main droite fléchit, il la laisse tomber machinalement, avec le Manurhin, sur le canapé.

— Non, c'est votre ami, reprend Rose. Robert Giraud revient à Saint-Vincent, remonte à l'orgue ni vu ni connu, accompagne la fin de la messe. Je ne serais pas surpris qu'il soit descendu communier. Vous, pendant ce temps, vous vous êtes éclipsé discrètement. Giraud fonce à Verneuil et arrive pour la bûche. Le lendemain matin, à l'heure où c'est à vous d'agir, il prend son petit déjeuner en famille. Alibi parfait. Vous êtes dans vos petits souliers. Toute la réussite du plan dépend de vous. Je vois la scène : vous arrivez le premier à la sacristie, vous savez que le père Koering aime boire un verre d'eau avant de dire la messe. Vous mettez bien en vue la bouteille d'eau minérale dans laquelle vous avez versé une forte dose de somnifère. Vous vous dissimulez dans un coin de l'église en attendant le père. C'est bien cela ?

Son vis-à-vis garde le silence.

— Bon, je continue. Koering arrive, patraque. Il a peut-être un peu forcé sur la boisson en cette nuit de Noël, une aspirine lui fera du bien. Jointe à la drogue, l'effet est immédiat. Le prêtre s'écroule sur une chaise, une formidable envie de dormir. Vous vous êtes glissé dans la sacristie, il n'aura plus la force de résister quand vous lui trancherez la gorge. Bien entendu, avant de filer vous pensez à faire disparaître le verre et la bouteille.

Le jeune homme reste coi, le regard fixé sur le vide. Rose pourrait le désarmer d'un bond. Il n'en fait rien, acharné à comprendre.

— Et tout cela, ces meurtres, ce sang, la mise en scène, la lettre, cette formidable énergie criminelle parce qu'un prêtre de l'ancien temps et peu tolérant allait vous chercher noise ? Je n'arrive pas à y croire. Il doit y avoir autre chose. Je peux téléphoner ?

Question idiote, il s'empare du combiné, appelle le commissaire sur son portable. Le jeune homme le laisse faire, finit par livrer la clef, la misérable clef de toute l'affaire.

10

— Il y a quinze ans, à Lyon, Robert Giraud tenait l'orgue de Saint-Bernard, une église de quartier. Il n'était connu que dans sa paroisse, malgré ses qualités d'interprète et de musicien. Il avait un homonyme, Léon Giraud, titulaire du grand orgue de la cathédrale de Metz et fameux dans toute l'Europe pour ses transcriptions de Bach et de Bruckner. Le Giraud de Metz, plus âgé, tombe malade et se retire en Périgord, sans même donner le traditionnel concert d'adieu. Mon ami a pensé que c'était la chance de sa vie, il monte à Paris et, sans vraiment se faire passer pour Léon Giraud, mais sans le démentir non plus, profite de la confusion créée par le nom pour obtenir un poste de titulaire.

— Et naturellement, dit Rose, le père Koering qui déjà ne l'aimait pas découvre ses antécédents lyonnais et flaire l'entourloupe.

— Oui, il menaçait d'en informer la paroisse et de le faire licencier. Autant dire que Robert se serait vu interdire tous les orgues de la capitale.

— Et vous dans cette histoire ? Pourquoi être entré dans son jeu ?

Le jeune homme empoigne le revolver et promène l'acier du canon sur son cou, sur ses lèvres.

— Moi ? Pouvez pas comprendre. Je vais m'en coller une dans la bouche, et ce sera réglé.

Il hésite. La sirène d'un véhicule de police se rapproche. Toujours aussi discrets, les hommes de Venturini. Simon n'éprouve aucune compassion pour ce garçon qui a foutu sa vie en l'air en exécutant froidement, avec son complice, deux hommes. C'est vrai, ils étaient prêtres. Circonstance atténuante ?

— Attention, dit le détective en se dirigeant vers la porte, on peut se louper. Même à bout portant. La perpétuité ne dure qu'un temps. Avec une peine incompressible de trente ans, vous aurez l'âge de votre victime quand vous sortirez. Ce serait bien le diable s'il n'y avait pas un harmonium dans la chapelle du centre pénitentiaire !

DÉVEINE.

En souvenir de Thierry Brech.

1

Il y a des meurtres discrets, silencieux, convenus, que la police ignore, que la justice ne poursuit pas et qui n'intéressent pas les journalistes. En apparence, ce ne sont pas même des morts suspectes. L'assassin peut dormir tranquille, il ne sera pas inquiété, sinon par sa conscience, s'il en a une. Mais il faut remarquer que chez beaucoup d'individus, le remords a tendance à s'estomper, à se diluer dans cette sorte d'amnésie active, pérenne et commune que l'on appelle la vie. La mémoire se confond alors avec l'oubli et tout peut repartir comme avant.

L'affaire a duré des mois et des mois (peut-on seulement parler d'affaire ?), l'enquête une petite semaine. Un jour Simon Rose trouve un message sur son répondeur. Une dame, voix charmante, léger accent allemand, demande à le rencontrer. Il la rappelle à son hôtel. Elle ne peut pas en dire plus au téléphone. Rendez-vous est pris.

Le lendemain, peu avant midi, une jolie femme d'une cinquantaine d'années, vêtue avec élégance, franchit la porte de l'agence 2007. Elle prend place en face du détective, commence à s'expliquer et fond en larmes. Une fois calmée, elle dit s'appeler Nicole Bechstein, oui, comme les pianos, mais ça n'a rien à voir. Elle habite en Suisse, à Bâle précisément, son mari est architecte, mais ce n'est pas de lui qu'il s'agit.

Son frère Vincent, un garçon de trente-huit ans qui vivait seul à Paris, s'est tué à moto.

— C'est triste en effet, dit Rose, sincèrement affligé. Acceptez mes condoléances. Comment cela est-il arrivé ?

— La semaine dernière, dans la nuit de lundi à mardi, à quatre heures du matin, il roulait sur le périphérique. Pas de brouillard, route sèche, trafic quasi nul. Il aurait perdu le contrôle de sa moto, une Aprila 900, et serait allé s'écraser à cent quatre-vingt kilomètres à l'heure contre un pilier de pont.

Le conditionnel intrigue le détective.

— Pardon de vous poser la question, avait-il bu ?

— Non, pas la moindre trace d'alcool dans le sang, pas le plus petit résidu de coke ni de produit dopant. Bien sûr, on a conclu à un accident. Mais j'ai de fortes raisons de croire qu'il s'est tué volontairement. Vous savez, c'est une longue histoire. Une partie de cette histoire est en pleine lumière, il y a des faits, je les connais. Mais il y a aussi tout un versant obscur que j'aimerais découvrir. Et là, ce sera à vous de jouer, si vous acceptez de mener cette enquête.

— Même sans alcool, dit Rose, il a pu se produire un incident. Un pneu qui éclate, une roue qui se bloque à grande vitesse, ça ne pardonne pas.

Elle ne l'écoute pas, ouvre son sac, en sort une liasse de billets de mille francs. Suisses, naturellement. Simon a toujours manifesté pour ces impressionnantes coupures, surtout quand elles sont neuves, fraîches, odorantes, une vénération de pauvre. Il ravale sa salive et dit :

— Je résume votre point de vue. Vous pensez qu'il s'agit d'un suicide et vous voulez savoir pour quelle raison votre frère aurait pu vouloir se tuer, c'est cela ?

Madame Bechstein compte dix billets qu'elle lui tend avec un sourire engageant.

— Pour vous premiers frais. Oui, je crois que Vincent a choisi de mourir ainsi, en camouflant son suicide en accident. Il a toujours aimé conduire de grosses motos, c'était un pilote chevronné, respectueux des règles et il avait passé l'âge de la frime. Quant à la raison, je la connais : il était atteint d'un cancer. Après une période de rémission, cette saleté a réattaqué plus fort. Il se savait condamné.

— Mais dans ce cas, dit le détective, en évitant de regarder les billets, je ne vois pas très bien quel pourrait être mon rôle. Vous risquez de dépenser beaucoup d'argent pour rien. Dans notre profession, la déontologie...

Elle consulte sa montre, qui doit valoir à elle seule un joli paquet de coupures de mille francs.

— C'est une longue histoire, il est l'heure de déjeuner. Je vous raconterai tout cela à table. Vous connaissez sûrement un bon restaurant dans le coin ?

2

En milieu d'après-midi, de retour dans son bureau de la rue Vaneau, Simon branche son répondeur et s'allonge sur le canapé pour une de ces siestes-conférences privées dont il a le secret et dont l'efficacité professionnelle est scientifiquement prouvée. Il n'a plus l'habitude de ces déjeuners trop arrosés, le pommard 79 que sa cliente a commandé était une splendeur. Elle tient mieux l'alcool que lui, elle ne l'a pas laissé souffler une minute.

Le récit qu'elle a fait des derniers mois de son frère est en effet troublant.

Vincent Recht était un homme discret, réservé, il ne s'épanchait pas facilement. Célibataire, vivant seul, il n'avait pas d'amie connue. Il occupait un poste de cadre dans la comptabilité d'un grand groupe de cosmétiques et de parfums, la société Capron. Sportif et vigoureux, il n'avait qu'une passion : la moto. Ce n'était pas, d'après sa sœur, un de ces casse-cou, fous furieux de la vitesse pure. Non, il aimait partir pour de longues randonnées à la campagne. Le plaisir de la chevauchée solitaire l'emportait sur celui de découvrir des paysages nouveaux. Plusieurs fois par an, il venait leur rendre visite dans leur belle maison des environs de Bâle pour un week-end. Vincent s'entendait fort bien avec son mari, les enfants le fêtaient à chacun de ses séjours.

Il y avait un an environ, Vincent confiait à sa sœur, sans autre précision, que l'ambiance de travail s'était détériorée chez Capron depuis l'arrivée d'un nouveau directeur financier. De fait, elle sentait son frère tendu et anxieux. La famille Bechstein l'attendait pour les fêtes de Pâques, il se décommande. Quelques jours après, il appelle Nicole pour lui annoncer qu'il doit se faire hospitaliser pour une opération bénigne au cerveau. Quand elle vient à Paris pour le voir à la clinique le lendemain de l'opération, elle a du mal à reconnaître son frère. Il est défiguré, un peu comme s'il souffrait d'une rage de dents. Les médecins lui expliquent que la tumeur ayant proliféré autour du nerf facial, l'opération fut compliquée et laisserait des séquelles durables.

Commencent de longues semaines de chimiothérapie. Vincent retrouve peu à peu un visage normal. Les médecins lui redonnent espoir et, patatras, voilà que son employeur engage une procédure de licenciement à son encontre.

— Vous vous rendez compte ? s'indignait la jeune femme. Au plus mauvais moment, alors qu'il était sur le point de reprendre le dessus ! Pour quelqu'un d'aussi sensible que lui, la rechute était inévitable.

Des examens pratiqués à l'hôpital Beaujon, notamment une image à résonance magnétique, confirment la recrudescence maligne. De nouvelles métastases apparaissent au foie et aux poumons. Les médecins réservent leur pronostic.

— C'est à ce moment-là qu'il a dû prendre sa décision. Il m'avait dit un jour que l'idée de finir à l'hôpital lui était insupportable. En plein milieu de la nuit, il a enfourché sa moto, a fait une ou deux fois le tour du périphérique à petite allure pour repérer un endroit favorable et, à quatre heures du matin, alors que la circulation est à peu près nulle, il s'est tué. Pour être sûr de ne pas se louper et mettre toutes les chances de son côté, il s'est débarrassé de son casque. Or, comme tout vrai motard, il ne roulait jamais sans. Vincent a vraiment tout fait pour éviter que sa mort en entraîne d'autres. Vous pensez, un lundi dans la nuit, il n'y avait personne !

3

Curieuse enquête. Pas de crime, pas de meurtre, aucun témoin, juste une victime et une femme qui veut comprendre.

Il n'est pas nécessaire à Rose de faire jouer ses relations avec la police pour avoir accès au dossier de l'accident. La probabilité d'un suicide est forte, lui confirme-t-on à la préfecture : le jeune homme ne portait pas de casque, aucune trace de freinage. Mais sans preuve formelle, comme aurait pu en fournir un message de la victime exprimant son intention de mettre fin à ses jours ou une confidence à un tiers, il est d'usage de retenir par défaut, et dans le respect du droit moral des familles, la thèse de l'accident.

À l'hôpital Beaujon, le détective rencontre le professeur Mateos, une sommité dans son domaine. L'homme est âgé, voûté, mais il a le regard vif et le verbe rapide. Il accepte de recevoir Simon dans son bureau.

— J'ai moi aussi eu la visite de madame Bechstein. Une personne remarquable. Il est rare que dans une famille quelqu'un cherche à comprendre l'enchaînement des faits qui peuvent conduire un homme encore jeune et en pleine santé à connaître une fin aussi précoce.

— Et aussi tragique, dit Rose. La thèse de l'accident ne tient pas, si on se donne la peine de s'informer. Les constatations de la police sont accablantes.

Mateos fixe le détective d'un air désabusé.

— Je ne parle pas de l'accident. D'après ce que je sais, l'hypothèse du suicide est hautement probable. Non, je parle de la brusque détérioration de sa santé. De cette tumeur apparue derrière l'oreille gauche et qui a pris très vite des proportions inquiétantes, au point de peser sur le nerf facial. L'origine d'une telle tumeur reste souvent inconnue. Dans le cas de monsieur Recht, il ne semble pas qu'il y ait eu de choc physique, séquelle de chute ou conséquence d'un geste maladroit, comme le fait de se redresser brutalement en heurtant de la tête un rebord de mur ou une portière de voiture.

— Je crois savoir, dit Simon, qu'il y a eu un choc émotionnel. D'après sa sœur, sa situation professionnelle connaissait des turbulences…

— Je sais, elle m'a raconté.

— L'explication psychosomatique ne vous paraît pas recevable ?

— Je ne l'écarte nullement. Toutes les études statistiques montrent qu'on ne peut plus ignorer l'influence de tels facteurs. Combien d'enfants en parfaite santé développent soudain un carcinome cérébral à la suite d'un deuil ou de la séparation de leurs parents ! Plus personne ne nie aujourd'hui qu'un trauma physiologique peut résulter d'un choc psychique. C'est la formule de ce transfert qui nous échappe.

Le détective, aux aguets, commence à mieux cerner le mécanisme du drame. Le médecin poursuit :

— Dans le cas de Recht, un garçon intelligent et sensible, mais refermé sur lui-même, très seul à ce que j'ai cru comprendre, le retentissement psychosomatique d'un incident professionnel grave a pu être énorme. Vous n'imaginez pas la fréquence, surtout dans le secteur privé, de ce genre d'affaires. Et l'impunité dont bénéficient certains dirigeants dans ce domaine m'a toujours semblé scandaleuse.

En quittant Beaujon, Simon longe des bâtiments sinistres. Tout au bout, les chambres funéraires. Dans l'une d'elles a séjourné la dépouille de son client. Il repense à sa conversation avec Mateos. C'est vrai, lui aussi a été révolté contre certaines formes d'impunité. La visite aux établissements Capron s'impose.

4

Arrivé dès l'ouverture des bureaux, Rose a pu l'observer par l'immense baie vitrée du premier étage ranger sa Porsche anthracite à côté de Béatrice. Charles-Henri Chebel fait le tour de la Coccinelle décapotée avant de monter. Il n'a pas l'air content, le directeur financier, en débouchant dans l'espace très clean et soft, marbre blanc et cuir jaune, de la réception.

— À qui appartient la chiotte garée sur les emplacements de la direction ?

La standardiste dissimule son bâton de rouge et désigne le coupable d'un mouvement du menton.

— Pardonnez-moi, dit le détective en s'avançant la main tendue, je ne suis pas au fait des habitudes de la maison. Simon Rose, agent de recherches. J'enquête sur l'accident de moto survenu à votre collègue, Vincent...

— Oui, Vincent Recht. Triste affaire. Mais nous avions rendez-vous ?

La poignée de main est d'un homme qui soigne ses biscotos. Quarante-cinq ans, allure sportive, bronzé toute l'année, épaisse chevelure soignée, vêtu avec recherche, Chebel a tout du tombeur professionnel. Chez lui, ce sont les moustaches qui concentrent en elles la virilité du mâle triomphant. Il doit chaque matin perdre dix minutes à les peigner, les égaliser, les bichonner, à en tordre entre le pouce et l'index les pointes dartagnanesques pour qu'elles se dressent fièrement de part et d'autre du tarin.

— Non, je n'ai pas rendez-vous, mais je pensais...

— Parce qu'on pense dans votre métier ! Voyez-moi ça. L'ennui, monsieur Rose, est que je suis en réunion, et ma présence est indispensable. Avec un peu de patience, tout est possible, n'est-il pas ? Je trouverai bien cinq minutes avant déjeuner.

Il disparaît dans l'ascenseur sans attendre la réponse. Simon encaisse, il est payé pour ça et, au fond, cela l'arrange assez. Ce n'est pas de la bouche de ce bellâtre qu'il apprendra quoi que ce soit. La standardiste lui fait signe d'approcher.

— Je vous ai entendu parler de Vincent. C'était un garçon si gentil et prévenant, un peu timide peut-être. Une qui le connaissait bien, enfin attention, y avait rien entre eux, c'est Nathalie. Ils déjeunaient souvent ensemble. Vous la trouverez au troisième, dans les bureaux de la comptabilité.

5

Bureau est un grand mot. Il s'agit plutôt de cases, étroites, mal insonorisées, où les employés subalternes sont à la merci du regard de tous comme des oreilles qui traînent. La secrétaire qui le reçoit est une grande fille sportive à la carrure impressionnante. Nathalie n'est pas spécialement jolie, mais son air franc et ouvert plaide en sa faveur. Elle parle à mi-voix, à cause de la minceur des cloisons.

— On formait une bonne petite équipe à la compta, avant la venue du tueur. Je dis tueur parce que lui-même se vante d'en être un.

— Je vois, dit Simon. Quelle était la fonction exacte de Vincent dans l'organigramme ?

— Exacte, je ne sais pas. Juste en dessous du directeur, je suppose. En tout cas, Vincent était le responsable et ça marchait très bien ainsi.

— Si je comprends bien, il y a eu rivalité entre les deux hommes ?

— Pas vraiment, Vincent était le contraire d'un tueur. Il était gentil avec chacun, très consciencieux dans son travail, serviable, même avec nous les secrétaires, il n'avait aucun goût pour le pouvoir. Face à quelqu'un comme Chebel, il ne faisait pas le poids.

Il est patent que Nathalie ne le porte pas dans son cœur, le directeur financier.

— Charles-Henry, avec y s'il vous plaît (il veut être appelé par son petit nom), a commencé par évaluer les ressources humaines, comme il disait. On parlait audit interne et restructuration des services. Pour les hommes, surtout les cadres, cela signifie voir qui était de trop. Pour les femmes, il distingue entre les baisables et les autres. J'ai eu de la chance, je ne suis pas son genre.

— Et c'est Recht naturellement qui était de trop ?

— Non, c'était plus vicieux : pas de nom. À chacun de faire son examen de conscience. Le surnuméraire, comme il l'appelait, devait se désigner lui-même et en tirer les conclusions. L'atmosphère a fini par s'empoisonner très vite.

Le détective lève les yeux, la secrétaire semble très émue, allume nerveusement une cigarette, en offre à son vis-à-vis.

— Merci, je ne fume pas.

— Il y a un détail dont je me souviens très bien, quelque chose d'atroce. C'était lors d'une réunion d'équipe. Vincent et Charles-Henry n'étaient pas d'accord, une histoire de calendrier, rien de très important. Un moment, Chebel prend tout le monde à témoin et lui dit, à

Vincent, en fixant le sommet de son crâne : « Comment peut-on être aussi con avec un front aussi large ? ». Il faut vous dire que Vincent était prématurément chauve et qu'il en souffrait. L'autre salaud avait trouvé son point faible. Évidemment, le mot a fait le tour de l'entreprise.

Et comment a réagi Vincent ?

— Justement il n'a pas réagi ! Incroyable, non ? Il s'est contenté de rire, mais je voyais bien que ça l'affectait énormément. On était toutes abasourdies, ça lui aurait fait tellement de bien, et à nous donc, s'il lui avait mis son poing sur la gueule, au Charles-Henry. Vous savez, il était costaud, Vincent. L'autre, c'est de la frime, il n'aurait pas pesé lourd.

Nathalie baisse la tête pour cacher les larmes qui lui brouillent la vue.

— Cette scène a eu lieu une ou deux semaines seulement avant les premiers symptômes. Lui qui n'était jamais malade, il a eu des vertiges, de violentes migraines. C'est tout de même curieux, vous ne trouvez pas ? Chebel a visé la tête et c'est là, comme par hasard, que le mal a frappé.

6

Tout le monde n'est pas logé à la même enseigne chez Capron. Le bureau de Chebel, au cinquième étage, vaste, lumineux, orienté plein sud, est meublé avec un certain raffinement. Charles-Henry donne dans le moderne et le dépouillé. Entre les sièges de Starck offrant aux visiteurs une assise chiche et le fauteuil ergonomique où se carre le maître des lieux, une épaisse et large plaque de verre posée sur des tréteaux en bronze manifeste un goût immodéré de la transparence. Simon est tout de suite mal à l'aise, ce qui n'est pas le cas de son hôte.

— Alors, monsieur Rose, dit-il en se lissant les moustaches avec une mine gourmande de chat repu, on a eu tout le temps de fouiner à son aise ?

— J'ai appris des choses intéressantes. Voyez-vous, mes commanditaires veulent savoir avec précision pourquoi un garçon robuste de trente-huit ans, apprécié de ses collaborateurs, a soudain connu un tel déclin physique et moral.

— La déveine, ça existe.

— Pardon, mais quand elle prend la forme d'un supérieur tatillon et sadique, je n'appelle plus cela de la déveine.

Chebel lâche ses moustaches pour laisser libre cours à un formidable éclat de rire.

— Nous y voilà ! Il fallait donc un grand méchant loup pour expliquer tout ça. Vous gênez pas, Rose, j'ai peut-être aussi jeté de l'huile sous les roues de la moto ?

Le détective sent la moutarde lui monter au nez.

— Je constate simplement que les ennuis de Recht ont commencé avec votre arrivée dans la boîte.

— Attention, Rose, si vous cherchez à me coller son suicide sur le dos, je ne marche pas. Dites-vous bien que les tribunaux ne sont pas faits pour les chiens.

— Qui parle de suicide ? dit Simon d'un ton froid et détaché. Ce qui m'intéresse, c'est sa maladie et le contexte dans lequel elle s'est développée. Figurez-vous, Chebel, que je ne suis pas le seul à trouver particulièrement lâche et vil d'engager une procédure de licenciement envers quelqu'un atteint d'un cancer.

Là, le directeur financier explose.

— Je ne peux pas laisser dire cela. La procédure était engagée depuis un certain temps et nous avons tout de même versé à ce monsieur trente six mille euros d'indemnités ! Lâche et vil, non mais…

Il se lève, marche droit sur le détective et l'empoigne par le revers de son veston.

— Et fous-toi bien dans le crâne que je ne me laisserai pas insulter par un petit enquêteur minable qui, pour finir le mois, doit vendre ses services à la première paranoïaque venue !

Voilà qui sent bon la légitime défense. Rose lui lance un fort coup de genou dans les parties, Chebel lâche prise, se plie en deux sous l'effet de la douleur. Le détective ne résiste pas à la tentation d'attraper Charles-Henry avec y par les moustaches, de l'attirer vers lui et de lui balancer un fameux coup de boule sur la figure. Le bellâtre s'écroule, sonné. Plus inquiétant, Simon a cru entendre un petit bruit d'os brisé et, de fait, quand Chebel se redresse péniblement, le tueur saigne du nez. Il refuse le mouchoir en papier que lui tend son agresseur. Geignant comme un miséreux, il tire de la poche intérieure de son veston des lunettes dont l'un des verres s'est fendu en étoile.

— Putain, vous pouviez pas faire gaffe ? Elles m'ont coûté mille euros !

— La déveine, ça existe, dit Rose, soulagé.

7

Un mois après cette rencontre mouvementée, le détective reçoit un appel du commissaire Venturini. Le directeur financier des établissements Capron avait eu la veille un grave accident de circulation. Ce n'est plus de la déveine, c'est carrément la poisse !

— On a mis deux heures pour le désincarcérer, il va s'en tirer, mais il a fallu l'amputer d'une jambe. Je vous appelle parce que j'ai appris que vous connaissiez Chebel. Un de vos amis ?

À l'évidence, tactique connue, le Corse prêche le faux pour apprendre le vrai.

— Pas exactement, dit Rose. Je ne l'ai rencontré qu'une fois, au siège de la firme, au cours d'une enquête relative à un membre du personnel. Mais dites-moi, commissaire, vous vous occupez de la circulation maintenant ?

— Très drôle. Figurez-vous, mon petit Simon, que le type s'est planté tout seul. La voiture a continué tout droit dans un virage et à une vitesse modérée, pour une Porsche. Le conducteur n'a pas pu redresser et s'est payé le mur.

— Tiens donc ! Vous pensez que Chebel aurait voulu se suicider ? Cela ne lui ressemble pas.

— Là, mon pauvre Rose, vous êtes complètement à côté de la plaque. Si on nous a filé le bébé, c'est qu'il s'agit bel et bien d'une tentative de meurtre. La voiture a été sabotée, je vous passe les détails, on a bousillé la direction de telle façon qu'elle lâche au-delà d'une certaine vitesse. Du travail de pro d'après nos spécialistes. Si vous êtes tenté de vous joindre à nous…

— Non merci, on n'a pas vraiment sympathisé, ce Chebel et moi. Et vous savez comme je fais confiance à la police de mon pays.

Venturini a raccroché aussi sec, le commissaire n'est pas d'humeur à plaisanter. Voilà Rose pensif. Il ne peut s'empêcher de songer à cette entrevue avec le directeur financier, d'ailleurs restée sans suite, en dépit des menaces de Chebel. De songer surtout à une autre rencontre, quelques jours plus tard, dans une brasserie en face de la gare du Nord, avec les époux Bechstein.

Le couple revenait d'un court séjour à Londres et voulait entendre ses conclusions avant de regagner Bâle en avion. Simon avait préparé une note succincte, trois feuillets, pour rassurer ses commanditaires sur le sérieux de ses investigations. L'architecte les parcourut avidement et les rangea dans sa serviette sans autre commentaire. Rose leur avait raconté sa conversation avec le professeur Mateos et sa visite aux établissements Capron, en éludant les derniers instants de son face à face avec Chebel.

Avait-il trop chargé le directeur financier ? Nicole Bechstein parut satisfaite de son enquête. Soulagée même, comme si ses conclusions à lui recoupaient ses intuitions à elle.

— J'ai toujours pensé, disait-elle, que ce type était une ordure.

Un court instant, le détective surprit sur le visage, par ailleurs très contrôlé, de son mari une expression dure et cynique. Le sort de Chebel s'était-il décidé ce soir-là, sur les nappes blanches empesées du *Terminus Nord* ? Rose veut croire que non. Il sait combien est sommaire la justice de ceux qui prétendent la rendre eux-mêmes. Il reste que Chebel et Recht, la victime et le bourreau, auront eu des destins presque identiques. Troublant, certes. Mais établir si Vincent a été vengé par sa famille n'entre pas dans ses attributions. Il a conduit son enquête honnêtement, a livré ses conclusions, a touché ses honoraires. Pour Simon Rose, le dossier Vincent Recht est une affaire classée.

Filature infinie

Monsieur N. entra dans le bureau de l'agence à onze heures tapantes. L'homme était petit, fin, nerveux et ponctuel. Simon lui donnait la cinquantaine. Il était vêtu d'un complet trois pièces sombre, chemise grise, cravate noire. Tout en parlant, il retirait ses lunettes démodées à foyers ronds et se flattait d'une main légère, en souvenir de temps plus chevelus, le sommet du crâne qu'il avait dégarni. Ou alors sa distraction était telle qu'il vérifiait de temps en temps si sa tête était toujours là.

— Vous comprenez, dit-il, hésitant et cherchant ses mots, nous allons bientôt fêter nos vingt-cinq ans de mariage…

— Félicitations, dit Rose.

— Oui, nous nous sommes mariés jeunes.

Entrée en matière inattendue. Monsieur N. tira de la poche intérieure de son veston une photo en couleur.

— C'est elle. Enfin, je veux dire Gabrielle, ma femme. C'est ce que j'ai trouvé de plus ressemblant.

Le détective examina le portrait avec attention. Elle était plus jeune que son mari, plutôt jolie, mais rien d'une femme fatale.

— Et vous pensez que…

L'homme avait pâli.

— Grand Dieu, non ! Au contraire. Je n'ai aucune raison de soupçonner quoique ce soit. C'est bien ce qui me préoccupe.

Ne pas manifester d'impatience face au client, règle numéro un de la profession. Rose biffa froidement les sigles insensés dont il avait recouvert la feuille blanche posée devant lui. Le mari ajouta :

— Voyez-vous, monsieur Rose, je veux en être sûr. Il me faut une certitude absolue. Une certitude mathématique.

Par principe, Rose refusait ce genre d'affaire. Les maris cocus qui méritent leurs cornes ou les désirent ardemment, non. Mais là, on atteignait des sommets dans la possessivité maniaque. Presque un cas d'école. Et N. payait bien.

— Gabrielle a prévu de sortir cet après-midi. Pourquoi ne pas commencer de suite ?

Le couple habite rue Claude Bernard, au 79. Belle surface au cinquième, plein sud. Rose se poste rue d'Ulm, en face du portail, à deux heures. À trois, Gabrielle se montre, fraîche et pimpante. Tailleur de lin jaune, escarpins rouge vif. Ma parole, elle veut lui faciliter le travail. Ciel bleu, température agréable, madame N. ne se presse pas. Elle remonte vers le Luxembourg, traverse la rue Gay-Lussac. Une devanture d'épicier la réfléchit, elle en profite pour rajuster sa coiffure.

Le détective suit à trente mètres, filature tranquille. Un regard à la vitrine de l'épicier lui apprend que monsieur N. n'a pas confiance – pas confiance en lui – et le file. On ne sait jamais, il aurait pu empocher l'avance et se tourner les pouces. Ou pire, s'entendre avec madame. Des confrères peu scrupuleux n'hésitent pas à jouer sur les deux tableaux. Pas lui, pas Simon Rose. Déontologie d'abord. On ne bronchera pas, continuer comme si de rien n'était. Gabrielle descend le boulevard Saint-Michel, s'arrête devant une librairie. Un titre a dû retenir son attention, elle en note les références sur un bout de papier, reprend sa promenade. Héroïque, elle n'accorde pas un regard à la pâtisserie viennoise, rue de l'École de médecine. Odéon, sous la statue de Danton, elle se cogne à un jeune homme roux que l'incident laisse interloqué. N. a-t-il vu la scène ? Non, il est trop loin. Madame poursuit son chemin. La double filature reprend. Pas longtemps, Rose décide de casser la chaîne. Profitant d'une cohue devant un cinéma du boulevard Saint-Germain, il s'échappe, entre dans une boutique et laisse passer monsieur N. dans les roues de son épouse. Sur le point de lui emboîter le pas, Simon aperçoit le jeune homme roux qui suit à bonne distance. Diable, ça se complique.

Son commanditaire et lui ont été floués. Il n'est pas difficile de reconstituer les événements. Madame N. a rendez-vous sous la statue de Danton avec le jeune homme roux. Découvrant qu'elle est filée, elle s'arrête devant une librairie, griffonne un message : *On me suit*, qu'elle glisse à son amoureux au moment où elle fait mine de le heurter. Ce dernier comprend la situation, entre à son tour dans la chaîne en troisième position, puisque le détective occupe maintenant la quatrième et dernière.

Bien sûr, N. se demande où est passé Simon. Il avait bien raison de se méfier, le salaud accepte l'argent pour laisser tomber au bout d'une demi-heure. Impossible de filer sa femme, elle finira par s'en apercevoir, et de cela il ne veut à aucun prix. Il se retire de la course, revient sur ses pas, croise un garçon roux qu'il a déjà vu rue Claude Bernard, et tombe sur Rose, toujours en action. Un peu gêné, monsieur N. Le détective lui jette un regard noir, lourd de sous-entendus, mais ne s'arrête pas : filature, filature.

Le soir, Simon rentre chez lui, épuisé. Les amoureux l'auront baladé tout l'après-midi avant de se retrouver rue Saint-Jacques, dans l'hôtel discret qui abrite leurs amours. Il trahira son commanditaire, ne les dénoncera pas. Il s'endort, le dîner à peine expédié. Cette facilité à sombrer : tout lui. La filature reprend aussitôt. Très vite, ceux qu'il traque se retrouvent derrière lui. Un nombre croissant de doubles Rose naissent sous ses pas et le prennent en chasse. Puis viennent Gabrielle et le rouge criant de ses escarpins vernis, monsieur N. et le jeune homme roux bras dessus bras dessous. D'autres suivent, au premier rang desquels il reconnaît, chapeautée, pomponnée et papotante, sa mère (qu'il a toujours eue sur le dos), Joussely, son analyste, le commissaire Venturini.

Il n'échappera pas à ses poursuivants nocturnes, il le sait. Lui-même ne s'est-il pas soumis, sa vie durant, à une surveillance implacable ? Cette filature permanente de soi par soi, il ignore qui l'a instaurée et quand elle cessera. Au moment de se fausser compagnie pour toujours ? Il voudrait le croire.

La vraie mort de Désiré Licht

1

C'est un petit homme frêle, entre deux âges, qui semble perdu en sortant de la bouche du métro. Il hésite un moment sur le terre-plein central, scrute les enseignes sur la place, se décide à traverser. Le pas est mal assuré quand il s'avance vers la librairie. Désiré reconnaît aussitôt son livre qui lui sourit dans un coin de la vitrine, voilà qui réconforte. Sans un regard pour les autres titres et encore moins pour les deux grands portraits d'auteur qui fixent le chaland avec aplomb, il pousse la porte et entre.

Derrière la caisse, lui tournant le dos, une jeune femme rousse, moulée dans une robe de velours gris, téléphone. Non, c'est pas vrai, j'arrive pas à le croire. Elle a oublié ses bas chez lui ? Tu me fais marcher.

Désiré patiente un instant, sautille d'une jambe sur l'autre. Deux minutes s'écoulent, qui lui paraissent une heure. Il toussote, elle sursaute. Pressant le combiné contre sa poitrine dans un geste qui en d'autres occasions aurait pu le troubler, elle se retourne et dit d'une voix fatiguée :

— Vous désirez ?

Elle connaît son prénom, bon signe.

— Oui, c'est moi.

— Comment ? Qu'est-ce que vous me racontez ?

— C'est-à-dire, je voulais, enfin je suis…

— Ne me dites pas que vous êtes…

— Eh bien si, c'est moi.

Elle le dévisage avec attention.

— C'est pas vrai, j'arrive pas à le croire. Cela ne se peut pas. Vous vous êtes regardé ?

En effet, il ne s'est pas regardé ces derniers temps. Du reste, passé un certain âge, on ne se voit plus souvent. Transi de honte, il préfère en rester là, tourne les talons et sort. Décidément pas doué, Désiré. Pas doué pour les mondanités. Même chez son éditeur, la personne qui l'intimide le plus est la standardiste, c'est dire. Une brave fille, au demeurant, mais sa voix rogue, ses yeux de poisson froid agrandis par le verre épais de ses lunettes lui font perdre ses moyens. Maintenant qu'il est connu dans la maison à défaut de l'être ailleurs, elle se contente en guise de bonjour de lui désigner l'escalier d'un bref mouvement du menton.

Décontenancé, conscient du ridicule de la situation, la tête dans les épaules, il piétine sur le trottoir, incapable de se décider. Rentrer chez lui ? Non, il lui faut d'abord pénétrer dans cette librairie. Que penserait son éditeur ? Peut-être une nouvelle tentative aboutira-t-elle ? Un soudain Désiré Licht surgit en face de lui dans la vitrine d'une pharmacie, cruelle épreuve. Son reflet semble lui dire : tu t'es regardé ? C'est vrai qu'avec ses cheveux gris dans tous les sens, son teint blême, les rides et les cernes, il ne présente pas une image d'auteur triomphant. Ce n'est pas de lui que l'on dira qu'il est l'écrivain le plus photogénique de sa génération, n'est pas Auster qui veut. Il perçoit, sans y prendre garde, une silhouette en gabardine et feutre marron qui se tient immobile à quelques pas derrière lui.

— Vous n'entrez pas, monsieur Licht ?

Désiré se retourne, feutre et gabardine ont disparu mais, apparu par une porte latérale dans le champ de sa perception, se tient un jeune homme grand, svelte, qui lui tend la main. Des yeux mi-clos confèrent au visage, par ailleurs franc et souriant, une petite touche de somnolence propre aux individus qui passent la majeure partie de leur vie au lit. C'est le portrait tout craché d'un détective bien connu.

— Par exemple ! Simon Rose. J'ai vu votre photo pas plus tard… qu'à l'instant.

— Dans la vitrine, je suppose, dit le détective. Figurez-vous que je signe, moi aussi. Vous venez ?

La rencontre avec un confrère a mis du baume au cœur du romancier. Il va pouvoir tenter une deuxième entrée dans le sillage d'un personnage célèbre.

— Confrère n'est pas exactement le mot, dit Rose. Mon livre, cher monsieur Licht, a été rédigé par un autre. Remarquez, le lecteur est prévenu : le nom du journaliste qui a transcrit l'enregistrement de nos conversations figure en petits caractères, sous le mien. La morale est sauve : avouer son nègre vous blanchit.

Tout émoustillée par la taille du détective, le charme de ses manières, la fille à la caisse pose son téléphone et prévient la libraire. Laquelle accourt pour saluer ses hôtes. Licht, ravi d'être enfin accepté comme tel, suit le mouvement. Trois tables ont été installées dans le fond de la librairie. La plus grande sur la gauche, réquisitionnée par Madeleine Gore-Fontaine, supporte les hautes piles de son dernier roman, *Un amour de banlieue*. Les auteurs qui habitent les beaux quartiers aiment à se pencher sur les détresses périphériques. Présentations, salutations. De nombreuses clientes attendent sagement leur dédicace.

— Eh oui, je suis un auteur pour dames, dit-elle en s'adressant à Rose par dessus l'épaule de Licht. Et quand un homme s'approche avec mon livre, toujours un peu embarrassé, il me dira, ça ne rate jamais : c'est pour ma femme, ou ma mère, ou ma sœur ou ma fille.

Elle ajoute, avec un regard en coin pour Désiré en train de signer, rose d'émotion, un exemplaire de son livre, *Le mort ne l'était pas* :

— Enfin, l'essentiel est de vendre, n'est-ce pas ?

Sur ce plan-là, le détective ne craint personne. À une vitesse sidérante et avec l'aisance d'un vieux briscard de l'édition, il a déjà posé trente fois sa griffe sur le récit de ses exploits quand Licht mortifié n'en a signé que deux, dont l'un à sa vieille cousine commise d'office. Simon se penche vers son voisin pour lui glisser à l'oreille :

— Saviez-vous que chez son éditeur, on ne dit plus, tant ses romans sollicitent les glandes lacrymales, pleurer comme une madeleine, mais pleurer comme une fontaine ?

— Amusant oui, dit le romancier avec un regard attristé pour la file des amateurs d'enquêtes policières qui attendent le paraphe du détective. Mais la blague est d'elle, je vous assure. Madeleine a beaucoup d'humour.

Abandonnant ses fans pour une pause pipi, Simon disparaît un instant. Non sans demander à Licht qu'il veuille bien signer un livre pour sa mère, un autre pour lui. De madame Gore-Fontaine (« non, ce n'est pas pour moi, mais pour un homme tout de même, vous voyez, tout arrive »), il veut un exemplaire du sien pour Romain Joussely, son ami et analyste.

Quatre bouquins de partis, se dit Licht, qui commence à se sentir moins seul. Et voilà qu'arrive le cinquième, l'homme en gabardine et feutre marron aperçu dans la rue tout à l'heure. Curieuse dégaine, pas rasé de quatre jours, le visage à moitié mangé par son chapeau, les yeux cachés derrière de fines lunettes noires à monture métallique. Sans un mot, il s'empare de *Le mort ne l'était pas,* le feuillette et le lui tend en hochant la tête.

— Ce sera pour monsieur... ? demande l'écrivain prêt à faire crépiter son stylo.

— Écrivez : Pour celui qui l'était.

En relevant la tête, Désiré découvre le pistolet muni d'un réducteur de son braqué sur lui. Son vis-à-vis ne lui laisse pas le temps d'ouvrir la bouche. À trois reprises, il presse la détente. L'écrivain s'écroule, une cliente se jette sous une table, une autre se met à hurler, l'inconnu est déjà dans la rue, s'éloigne à grandes enjambées.

2

La gérante était inconsolable. Voir un romancier connu mourir sous ses yeux, dans sa librairie, en pleine séance de signature, non, c'était trop. Trop de quoi, au fait ? Trop d'honneur ? Une main secourable avait glissé une chaise sous ses parties charnues et c'est ainsi affalée, en larmes, qu'elle répondait aux questions des enquêteurs.

— Tout s'est joué en quelques secondes. Et monsieur Rose qui venait juste de sortir !

Le commissaire Venturini arriva en même temps qu'une équipe de la télévision, ce qui n'était pas pour lui déplaire. Il se tourna vers le détective. Pour toute explication, Rose eut un bref signe de tête en direction de la porte du fond, tandis que la libraire poursuivait son récit.

— Monsieur Licht lui dédicaçait un exemplaire, l'autre a sorti une arme. Il a tiré, ça n'a fait qu'un petit bruit étouffé. C'est quand monsieur Licht s'est écroulé que j'ai réalisé ce qui venait de se passer.

Les témoins étaient nombreux et diserts, tout le monde avait vu l'assassin, ses lunettes, son chapeau et sa gabardine, mais pas l'homme qui était dedans. Comme s'il était sans visage.

Un jeune homme pâle et contrit se présenta à Simon Rose, le prenant pour un policier.

— Je m'appelle Antoine Licht.

— Ah, vous êtes peut-être le fils, dit Venturini en se plaçant devant le détective pour rétablir la hiérarchie.

— Non, je suis son neveu, mon oncle n'a pas eu d'enfant. Il n'a même jamais été marié, enfin, à ma connaissance. Il avait insisté pour que je passe… Pauvre vieux, c'est triste de le voir comme ça. Triste et très ennuyeux pour moi.

— Il vous aidait, c'est ça ?

Le neveu eut un petit rire désolé.

— Au contraire, il me devait de l'argent. Désiré vivait de sa plume, comme on dit pudiquement. Il en vivait très mal. Dans la famille, tout le monde le fuyait de peur d'être tapé.

— Tout le monde, mais pas vous.

— Je l'aimais bien, moi. J'ai toujours admiré chez lui cette façon d'être à contre-courant sans le savoir. Il me disait, il y a longtemps : « Tu verras, un de ces jours, je te rendrai ton argent au centuple ! Tu ne seras pas oublié dans la formidable ascension sociale qui m'attend ». Le pauvre y a cru jusqu'au bout.

Les techniciens de la police scientifique s'activaient autour du corps. Une jeune femme blonde, plutôt jolie, cheveux coupés court et visage défait, se présenta à la librairie.

— Marjorie Vidal, directrice littéraire. On nous a appelés aux éditions. Je n'arrive pas à le croire.

Simon, toujours flanqué de Venturini qui ne le lâchait pas d'une semelle, proposa au neveu et à l'éditrice, tous deux très abattus, de se retrouver dans un café tranquille, le quartier n'en manque pas. Il avait l'intuition que le neveu comme la jeune femme possédaient, peut-être sans le savoir, les clefs de l'énigme.

Le commissaire entendait prendre la direction des opérations. Il attaqua bille en tête :

— Désiré Licht avait-il des ennemis ?

Voyant un léger sourire flotter sur les lèvres du détective, il se défendit :

— Je sais, la question est classique, mais elle s'impose en l'occurence.

Antoine n'hésita pas une seconde.

— Il en avait plein. Le petit monde des lettres est un sacré panier de crabes. On y tue en silence et en douceur. Mon oncle n'a jamais accepté de jouer le jeu. Avez-vous lu ce court récit intitulé *Mémoires d'un homme de cour* ? Il y raconte la vie et la carrière, à peine romancées, de Sébastien Monphalle, écrivain prolifique, conseiller occulte du Président. Son conseil à un jeune auteur : « Pour éviter d'être un courtisan critiqué, soyez un critique courtisé ».

Marjorie Vidal semblait mal à l'aise.

— Cela remonte à six ans, si mes souvenirs sont bons. Nous ne l'avons pas publié, un petit éditeur qui espérait faire un coup l'a sorti, le livre est resté confidentiel, on n'en a parlé nulle part.

— Ah pardon, mademoiselle Vidal, dit le neveu. Votre mémoire vous joue des tours. *Le Canard enchaîné* et plusieurs magazines de news en ont fait leurs choux gras.

— Mon cher Antoine, vous savez comme j'ai défendu votre oncle, becs et ongles. On ne tue pas un homme parce qu'il brocarde telle ou telle célébrité dans un opuscule marginal ! Ses critiques du milieu littéraire, même quand elles étaient fondées, n'ont jamais intéressé qu'un petit nombre de personnes. Le public se fiche bien de savoir ce qui se passe en coulisses. En revanche, il est vrai que Désiré vivait mal, comme beaucoup de ses confrères, de n'avoir qu'une position insignifiante. Quand la télévision invite un plateau de personnalités connues, l'écrivain passe toujours en dernier, après l'acteur, la chanteuse, l'escroc sympathique et le politicien.

Douché par les propos de l'éditrice, Antoine Licht ne répliqua pas. Marjorie reprit, en se tournant vers Venturini :

— Je crois que nous vous faisons perdre votre temps, commissaire. C'est ailleurs qu'il faut chercher le mobile d'un crime aussi sordide. Je sais que ses moyens de subsistance étaient précaires, nous avons fait le maximum pour l'aider. Je me demande s'il n'aurait pas emprunté auprès d'usuriers sans scrupules.

Venturini était perplexe, Rose pas convaincu du tout.

— Tout de même, quelque chose m'intrigue. Le meurtre n'est pas seulement sordide, il est surtout spectaculaire. Quand un tueur exécute un contrat, il choisit de préférence un lieu obscur, isolé, sans témoin. Là on l'a descendu en plein jour, dans une librairie connue, en pleine séance de signature. Cela ne me paraît nullement insignifiant.

3

Le lendemain, en fin de matinée, Rose lisait la presse dans son bureau de l'Agence 2007, rue Vaneau. Dans une actualité politique plutôt creuse, la mort violente et spectaculaire du romancier faisait les gros titres de la presse. Jamais de son vivant, Licht n'avait connu une telle célébrité. Ses livres l'avaient rarement poussé sur le devant de la scène, sinon pour une petite heure à la télévision ou à l'occasion de quelque prix littéraire. Ne disait-on pas de lui qu'il avait failli avoir le Goncourt (et lui, bien sûr, entendait qu'il avait failli tout court) ?

Mais cette fois son nom était enfin confirmé – *Licht* désigne la lumière dans la langue de Goethe : *Mehr Licht* (plus de lumière) aurait demandé ce dernier au moment de mourir. Hélas le pauvre Désiré n'était plus là pour jouir de cet accès de gloire. Les commentateurs ne manquaient pas de s'esbaudir devant l'événement, comme si mourir assassiné, pour un écrivain, rendait hommage à l'ensemble de la profession. Nombre de critiques s'indignaient de la scandaleuse méconnaissance dont était victime un auteur d'un tel talent, méconnaissance dont ils étaient les premiers artisans. Il est vrai que les auteurs sont généralement préférés morts.

Les articles ne lui apprenaient rien que Simon ne sût déjà et, de fait, l'enquête n'avait guère progressé. La police tentait d'établir un portrait-robot du tueur, opération que les témoignages contradictoires ne facilitaient pas. Un seul journal avait eu l'audace de téléphoner à Monphalle pour recueillir ses impressions. Il ne s'était pas dérobé, affirmait déplorer la disparition prématurée d'un écrivain rare, parfois excessif dans ses convictions, toujours talentueux dans leur expression. *Les Mémoires d'un homme de cour* ? Il ne se sentait pas visé et, du reste, sauf erreur de sa part (« j'ai ciré tant de bottes, flatté tant de croupes, n'est-ce pas ! »), il avait dit une fois le plus grand bien d'un livre du défunt dans l'une de ses recensions. Dont acte.

La police pédalait dans la semoule et Rose lui-même, qui n'avait pas assisté au meurtre, était perplexe. Drôle de type, ce Désiré Licht. Pas vraiment à l'aise en société. Le genre insaisissable. À ceci près, comme le notait le rédacteur, que l'auteur de *Le Mort ne l'était pas* l'était bien, lui, mort. C'était même le seul élément de certitude dans cette affaire.

Peut-être la clef de l'histoire se trouvait-elle dans le roman ? Il se mit à lire au hasard, à fouiner, comme c'était son habitude avec les livres. Écriture un peu désuète, d'une élégance réservée qui tranchait sur la jactance mode de certains de ses confrères, convaincus que pour s'attacher les larges masses, il valait mieux parler jeune, zapper toutes les dix lignes, faire gras ou carrément plat.

Plongé dans sa lecture, il se sentait gagné par une douce somnolence. Un instant, relevant les yeux, il s'aperçut que le signal vert de son répondeur clignotait. Il avait oublié d'écouter les messages. Juliette se demandait ce qu'il devenait (il pensa : moi aussi, je me le demande) et pourquoi il n'appelait plus. Le commissaire Venturini le priait, non le sommait, d'assister à une réunion au Quai des Orfèvres en fin d'après-midi. Romain Joussely – les grands esprits se rencontrent – l'invitait à lire attentivement le dernier roman de Licht. Simon composa le numéro de l'analyste.

— Ah, tout de même. Mon cher Simon, qu'avez-vous fait hier soir, après le meurtre ?

Le détective hésita une seconde, le temps que Joussely réponde à sa place.

— Vous êtes rentré chez vous, madame Rose a réchauffé le dîner et vous vous êtes couché, n'est-ce pas ? Vos amis policiers ont fait de même, une fois les témoignages recueillis et les constatations effectuées. Personne n'a eu l'idée d'aller voir dans ce qui était pourtant l'objet de la présence de Licht à la librairie.

— Sauf vous, dit Simon. Vous écoutez les infos à la radio et aussitôt, en fin limier que vous êtes, vous vous lancez dans la lecture du bouquin !

— Pire que ça, dit le psy. Il a d'abord fallu me le procurer. J'ai téléphoné à un ami libraire qui a accepté de lever le store à dix heures du soir pour me procurer un exemplaire.

— Chapeau ! Vous êtes en droit d'exiger une indemnité d'auxiliaire de police. Ne me faites pas languir davantage : quelle page ?

— Reportez-vous à la fin, à partir de la page 288. L'auteur décrit exactement ce qui s'est passé hier soir. Rappelez-moi.

Le détective parcourut avidement les dernières pages du livre. Le personnage inventé par Licht, Éric Monfort, auteur célèbre et fêté – tout le contraire de lui – était assassiné en pleine séance de signature dans une grande librairie parisienne par un inconnu pas rasé de quatre jours, le visage caché derrière de fines lunettes noires à monture métallique, vêtu d'une gabardine et d'un feutre marron. Le roman s'achevait au moment où Monfort, après avoir déposé sa signature sur l'exemplaire acquis par le meurtrier, relevait les yeux et découvrait un pistolet pointé sur lui.

Voilà en effet qui n'était pas banal. Le désir de tout romancier est d'organiser les choses dans leurs moindres détails et, tant qu'il reste dans le domaine de la fiction, il peut se croire Dieu. Mais en imaginant la mort de son héros, Licht ne voulait-il pas être lu et interprété à la lettre ? N'y avait-il pas dans ces pages comme une dangereuse invitation à passer de la fiction à la réalité ? Dans un polar classique, la scène finale aurait servi d'ouverture, mais là le dénouement ne dénouait rien, le livre se fermait sur une interrogation. En tout cas, l'assassin avait lu ce passage et organisé la mise en scène de l'exécution selon le protocole suggéré par l'auteur.

Rose appela Venturini au Quai des Orfèvres. Le commissaire était sorti. Tant pis, Simon n'était pas d'humeur partageuse et ne laissa pas de message. Il se replongea dans la lecture de *Le Mort ne l'était pas*. Le récit commençait par les obsèques solennelles d'Éric Monfort au Père Lachaise, la foule des amis et confrères, les mines et propos de circonstance, le convoi, les discours dans la salle du funérarium, le ronflement du four qui se mettait en marche et dont le *Requiem* de Fauré n'abolissait pas l'effroyable avertissement.

La sonnerie du téléphone le fit sursauter. Diantre, il avait oublié Joussely.

— Étonnant, n'est-ce pas ? Tout s'est passé exactement comme Licht l'avait décrit.

— À un détail près, dit Rose. Les gants. Dans le livre de notre ami Désiré, le tueur porte des gants de chevreau gris.

— Cela m'avait échappé, reconnaît Joussely.

— J'ai relu les témoignages cités dans la presse. Ni gants, ni chevreau, nulle part. Personne n'a mentionné ce détail.

— Vous voyez, Rose, je ne suis pas le seul étourdi. À supposer que ce détail ait une quelconque incidence sur l'enquête. Non, l'important, c'est la prémonition, que dis-je, l'induction que comporte le texte. Licht est un auteur fini, épuisé. Il réclame de l'aide, rassemble ses dernières forces, il a envie de crier : tuez-moi, qu'on en finisse. Et cela va plus loin, on dirait qu'il s'adresse à quelqu'un en particulier, qu'il lui dit : vas-y, voici comment je veux être liquidé. Il s'agit peut-être tout simplement d'une forme non encore répertoriée de suicide assisté.

Le détective n'était pas d'accord.

— Je ne crois pas. J'ai parlé avec lui quelques instants avant le drame, il n'avait pas l'air d'un homme qui s'attend à être exécuté. Je lui ai acheté deux livres, un pour ma mère, l'autre pour moi, qu'il a dédicacés. Heureux comme un gamin, devinez ce qu'il m'a dit : « Déjà quatre de partis ! ».

4

L'éditeur de Désiré Licht occupe trois étages d'un immeuble vieillot du sixième arrondissement. Le bureau de Marjorie Vidal, au premier étage sur rue, est clair et spacieux. La directrice littéraire, en jupe courte et chemisier moulant, lui fait signe d'entrer tout en poursuivant sa conversation au téléphone avec des gens de télévision. Une table à tréteaux supporte plusieurs piles de manuscrits, des photos d'auteurs de la maison ornent les murs, ainsi qu'une lettre manuscrite et encadrée de François Mauriac. Le portrait de Licht, déjà jauni, montre que la jeune femme n'a pas attendu ce meurtre spectaculaire pour manifester son attachement au romancier. Le détective la trouve vraiment craquante et quand elle croise les jambes, je ne vous dis pas. On se calme.

— Non, vous ne me dérangez pas du tout, dit-elle avec un sourire engageant. C'est vrai que la maison est sens dessus dessous depuis le drame…

— Je suppose que les ventes s'envolent.

Elle devine où il veut en venir.

— J'aurais du mal à vous démentir. Une véritable folie : le premier tirage est parti dans la matinée d'hier. À midi, nous avons fixé la réimpression à vingt mille, les premiers ballots étaient livrés à Paris en fin d'après-midi. Notre imprimeur procède en ce moment au troisième tirage, soixante mille pour le coup. Bref, ça se vend comme des petits pains. Quand je pense que le comité de lecture avait donné un avis défavorable…

— Pauvre Licht, dit le détective. Ah, s'il avait pu voir le journal télévisé hier soir ! Quel romancier ne rêverait pas de faire l'ouverture à l'heure de la plus grande audience sur toutes les chaînes privées et publiques ? Et quelle chance aussi pour les journalistes ! Marie Drucker semblait au septième ciel.

— Oui, Marie a été épatante. Je vous dois un bon déjeuner pour l'avoir prévenue, si, j'y tiens. Nous sommes tous fautifs ici de n'avoir pas songé à relire le roman de Licht. Personne n'a fait le rapprochement, on n'imagine jamais à quel point une invention d'auteur peut soudain se voir réalisée dans la vie.

Pour lancer le sujet, la présentatrice avait eu l'idée d'ouvrir son journal par un gros plan sur une photo de l'auteur et la couverture du livre, dont Pierre Arditi lisait la dernière page. Suivait le défilé des témoins. Madame Gore-Fontaine se disait encore sous le choc, tout en évoquant son propre bouquin qu'elle cherchait à rapprocher distraitement de l'objectif de la caméra. Le visage fermé de Venturini n'occupait l'écran qu'une poignée de secondes, tandis que Rose, filmé rue Vaneau, derrière son bureau (il avait en hâte déplacé une étagère pour avoir un maximum de livres dans le champ), était à l'image plus d'une minute et racontait posément la surprise qui fut la sienne en découvrant que l'assassin avait exécuté Licht dans une mise en scène conçue par ce dernier.

— Vous-même, Simon, vous étiez très bien. Ne rougissez pas, c'est vrai.

— Je n'en crois pas un mot. Au fait, auriez-vous le manuscrit ?

Elle le regarde, étonné.

— Vous pensez trouver quelque chose, des indices ? J'appelle le secrétariat.

Un instant plus tard, arrive en se dandinant un curieux volatile dindonnant à chignon et lunettes de myope qui enveloppe le détective et les cuisses à demi-nues de Marjorie d'un regard perspicace, désapprobateur et, pour tout dire, plutôt méchant. Elle dépose sans un mot le texte de Licht sur le bureau. Rose examine les pages imprimées avec le plus grand soin.

— Il travaillait directement sur ordinateur ?

— Les derniers temps, oui. Il s'y est mis tard. Licht était vraiment un pro, vous savez. Les textes qu'il nous portait étaient toujours impeccables, définitifs à peu de chose près. Vous voyez là, pour *Le Mort ne l'était pas,* il n'y a presque pas de corrections.

Le détective s'arrête sur des notes au crayon, plus rarement sur des ajouts ou repentirs au feutre noir. Explication de madame Vidal :

— Les marques au crayon sont des indications pour la composition. Le stylo noir désigne les modifications définitives. Du reste, j'y pense maintenant, ce manuscrit a toute une histoire. Le premier lecteur – un ami de Désiré pourtant – n'a pas aimé du tout, il estimait qu'on ne rendait pas service à l'auteur en éditant ce roman à clefs bourré de règlements de comptes. Je me souviens avoir tenté en vain de rédiger une lettre de refus, Licht est quelqu'un que nous publions depuis de longues années...

Rose lui montre les dernières pages. On n'y voit qu'une seule correction, l'auteur a ajouté à la description du tueur un détail : les gants de chevreau gris.

— Je vous écoute toujours, dit-il. Qu'est-ce qui vous a fait changer d'avis ?

— J'ai demandé à deux autres lecteurs, tous étaient enthousiastes. Toujours aussi culotté, votre Désiré, m'a dit l'un. Et si rigolo, ajoutait l'autre. Ce dernier m'a rapporté le manuscrit en disant : Marjorie, c'est le plus nabokovien des romans de Licht et tu veux le refuser ! Bref, j'étais bien soulagée de pouvoir leur donner raison.

— Puis-je connaître le nom du premier lecteur, celui qui – par amitié pour Licht ! – vous déconseillait de l'éditer ?

— Arnaud Rieux, dit-elle un peu embarrassée. Lui aussi est dans ma maison depuis des lustres.

Rose a du mal à dissimuler son étonnement.

— Rieux, le romancier ?

— C'est fréquent dans l'édition que des auteurs soient aussi lecteurs.

— Oh je sais, dit Rose en s'approchant du téléphone. Cela doit poser bien des problèmes. Je peux ?

Il compose le numéro du Quai des Orfèvres et s'entretient brièvement avec Venturini.

— Le commissaire va nous rejoindre, dit-il en regardant la directrice littéraire d'un air navré. Je crois vraiment que vous auriez intérêt à relire certains passages du roman de Licht.

5

Arnaud Rieux passait neuf heures par jour, quatre jours par semaine, dans une pièce étroite du troisième et dernier étage sur cour à lire des manuscrits. Le bonhomme avait donc des circonstances atténuantes. Le séjour régulier et contraint dans un placard avait fini par dessécher l'éternel long jeune homme maigre de cinquante balais. Il ressemblait plus à quelque rond de cuir engoncé dans l'administratif qu'au créateur muré dans sa solitude hautaine. Son sourire était crispé en accueillant la directrice littéraire.

— Arnaud, ces messieurs de la police voudraient te parler.

— Tu es gentille Marjorie, mais t'es-tu posé un seul instant la question de savoir si moi, j'avais envie de leur parler ?

— Vous préférez être convoqué au Quai des Orfèvres ? dit sèchement Venturini.

— Lui au moins ne nous surprendra pas, dit Rieux en observant Simon à la dérobée.

Le commissaire fit semblant de n'avoir pas entendu.

— J'ignorais, ajouta l'écrivain, que monsieur Rose était passé chez les flics.

Venturini serra la main de madame Vidal et la poussa doucement vers la porte. Il se tourna vers Rieux :

— Rose est là en qualité de témoin, dit-il sur un ton sans réplique. Dites-nous quelles étaient vos relations avec la victime.

Rieux haussa les épaules.

— Des relations normales. On se voyait peu. Quand je lui conseillais telle ou telle correction, il disait : « Ah tiens, vous feriez ça, vous ? Je vais y réfléchir ». Bien sûr, il n'en faisait qu'à sa tête.

— On me dit que vous étiez son premier lecteur, dit le détective. Mais cette fois vous refusez son texte. Pourquoi ?

Rieux se carra confortablement dans son fauteuil et se mit à rire.

— Parce que j'ai pour Licht – vous voyez, je parle au présent, je ne l'ai pas encore enterré, moi – une véritable admiration et que certains passages dans *Le Mort ne l'était pas* n'étaient pas dignes du grand romancier que nous connaissons.

— Des passages comme celui-ci, peut-être, dit Rose en ouvrant le livre et en lisant à haute voix : *Arnaud Mayrieux n'avait jamais envisagé quand il était entré aux éditions N. pour étoffer ses maigres revenus d'apprenti-romancier en broutant du manuscrit neuf heures par jour que, vingt ans plus tard, il serait toujours là. Au même poste, dans le même étouffant petit bureau, avec le même misérable traitement. Il avait fini par se confondre avec les murs avec un art consommé de la discrétion d'entreprise. La plupart des auteurs de la maison oubliaient qu'avant d'être leur ami, Arnaud était employé par elle, on se confiait à lui sans imaginer une seconde que les récriminations, projets, tractations occultes avec la concurrence atterrissaient régulièrement sous forme de notes non signées sur le bureau du président.*

Pour le reste, il abattait ses trente, quarante manuscrits par semaine avec zèle, éliminant à tour de bras, souvent dès le premier coup d'œil, et non sans leur faire consciencieusement les poches. Il piochait tout ce qui pouvait servir à ses propres petites écritures en couchant ses trouvailles avec minutie dans des cahiers bleus constamment renouvelés. Les romanciers amateurs pouvaient avoir un trait de génie, fallait surtout pas le manquer.

Le commissaire eut un mouvement d'impatience.

— Bon, Rose, vous n'allez pas nous lire tout le bouquin.

Il se leva, marcha droit sur la fenêtre qu'il ouvrit largement.

— C'est vrai qu'on étouffe dans ce placard. Alors, monsieur Rieux, c'est ce genre de passage qui vous gênait ? Au fait, Simon, Rieux, ça rime avec Mayrieux.

— Oui, j'avais remarqué, dit Rose, les yeux fixés sur le lecteur qui ne riait plus du tout. Licht aimait les rimes riches.

Venturini en retournant s'asseoir avait attrapé sur le bureau un cahier à couverture bleue qu'il feuilleta sans tenir compte du mouvement d'humeur de son propriétaire.

— Rendez-moi ce cahier, bougre d'abruti.

Le policier et le détective se regardèrent, épatés. Le Corse l'ouvrit au hasard et lut à son tour : *Il dînait chez elle tous les soirs de la semaine, cela lui faisait un repas chaud par jour. Mais comme beaucoup d'hommes (en quoi les hommes sont finalement assez différents des chiens), il préférait que ce ne soit pas la même main qui le nourrisse et lui cajole les bijoux de famille.*

— Rigolo, hein ? À qui tu as piqué ça, petite frappe ?

Et comme Rieux ne réagissait pas, Venturini insista :

— Un peu de sérieux, Rieux !

Assis droit et raide comme un piquet, les bras croisés, Arnaud Rieux avait opté pour le silence. Rose poursuivit son raisonnement.

— Le tueur imaginé par Licht dans son roman porte des gants ; vous vous êtes trahi, vous êtes le seul à avoir lu la version primitive, non corrigée. Pourquoi ne pas vous être reporté au roman achevé en vous costumant selon ses indications ?

Rieux restait coi, ce qui énervait Venturini.

— C'est très mal parti pour vous, mon vieux. S'il n'y avait que ce détail… L'ennui, c'est votre père. Le colonel du cadre de réserve Benjamin Rieux a constaté il y a huit jours la disparition de son arme de service, fait que ce citoyen exemplaire s'est empressé de communiquer à la police.

Le commissaire observa l'écrivain, toujours silencieux. Il tonna :

— C'est toi, mon bonhomme, qu'il soupçonnait ! J'ai peur que mon fils ne mette fin à ses jours, nous a-t-il dit. Le pauvre va tomber de haut.

On frappa. Le détective ouvrit. Deux policiers en tenue attendaient devant la porte.

— Allez, on a perdu assez de temps. Bouclez-moi ce minable.

Rieux se leva, hésita un moment devant la fenêtre, sentit le détective prêt à bondir.

— On a une chance sur deux de se louper en sautant du troisième, dit-il avec un sourire fatigué.

— Tiens, on a retrouvé sa langue, dit le commissaire.

— Toi, j'te cause pas, le tutoyeur de mes deux.

Venturini, rouge de colère, était prêt à lui balancer son poing sur la figure. Simon s'interposa. Rieux tendit ses poignets, les policiers lui passèrent les menottes. Sur le seuil, il se retourna et dit, s'adressant au détective :

— Chapeau, Rose, pour l'histoire des gants ! Désolé de vous contredire, pour la mise en scène, j'ai bien été obligé de lire le livre imprimé, comme vous, n'ayant plus le manuscrit. Mais un feutre marron et des gants de chevreau gris, ça jure, vous ne trouvez pas ? Plus qu'un crime, c'était une faute de goût.

Quand il fut sorti, le commissaire se laissa tomber sur une chaise.

— Quel satané paltoquet, ce scribouillard ! Il va en prendre pour vingt ans au moins.

— Il a des circonstances atténuantes, dit Rose. Son portrait par Désiré Licht est une exécution.

Venturini avait retrouvé son calme.

— C'est vrai, dit-il, pour un écrivain, mourir en pleine séance de signature, ça vous a un certain chic. Je parie qu'une fois en taule, il va finir par envier le sort de sa victime.

Le détective était songeur.

— Sans doute Licht rêvait-il de gloire. Mais pas à titre posthume ! Le pauvre vieux aurait aimer y goûter vivant. L'autre l'a pris au mot. Au fond, commissaire, tout cela est un terrible malentendu.

Le Gagnant du Loto

À Rosalie et Garance.

1

La cliente, madame Baugé, Charlotte pour les amis, n'avait pas l'air commode. Simon tendit la main à l'homme qui l'accompagnait.

— Monsieur Baugé, je suppose ?

Elle fixa le détective comme s'il venait de proférer une incongruité et répondit à contrecœur :

— Non, lui, c'est Raymond, mon compagnon. Mon mari et moi, nous sommes séparés depuis deux ans. Je vais tout vous expliquer.

La femme était haute, forte et grasse. Charlotte rime avec botte, motte et sotte, il y avait de quoi faire. Cheveux filasses, robe en matière synthétique à motifs luminescents, chaussures étroites à talon, d'où débordait de toutes parts un pied massif à chair blême striée de veines. Maquillée à la va-vite, le bâton de rouge avait dérapé autour de ses lèvres ce qui lui donnait une bouche de poisson. Elle ne tenait pas en place, s'asseyait, se relevait, tirait une cigarette de son sac qu'elle renonçait, croisant le regard désapprobateur du détective, à allumer.

Bref elle avait tout pour émouvoir, mais Simon n'était pas d'humeur.

L'homme, plus petit, sec, grêle, avait pris place dans un fauteuil et hochait la tête pour souligner chacune des paroles qui sortaient comme des bulles de la bouche rouge de sa compagne. Laquelle commençait visiblement à s'énerver.

— Monsieur Rose, je suis née un 28 avril, ce qui donne 28 et 4. Mon mari est né le 11 décembre, ce qui fait 11 et 12. Pour les deux autres chiffres, comme nous sommes nés après 1950, il a fallu chercher ailleurs. Ma mère est de 1939, la sienne de 1941. C'est clair comme de l'eau de roche, non ?

Simon chercha à l'apaiser.

— Mais madame, je comprends parfaitement. Le problème sur lequel j'essaie d'attirer votre attention, c'est qu'il n'est pas absolument certain qu'il s'agisse de votre mari. Peut-être n'a-t-il pas misé cette semaine-là ?

— Je vous dis qu'il joue toutes les semaines depuis que je le connais et dans le même café.

— Admettons. Mais même s'il s'agit de lui, au cas où il aurait choisi de disparaître, pour garder le magot ou toute autre raison, ce ne sera pas coton de le dénicher.

Elle explosa.

— Le salaud n'a pas le droit. Pendant les dix-huit ans que je l'ai supporté, tous les samedis que Dieu fait, nous avons joué le 4, le 11, le 12, le 28, le 39 et le 41. Le billet a été acheté dans le dix-huitième, un bar-tabac à côté du métro Château-Rouge. Gérard habite rue Custine, c'est une rue qui descend vers Château-Rouge, il vous faut un dessin ?

Le visage de Charlotte avait pris la couleur rouge du gros rouge que l'on sert dans les bars de Château-Rouge.

Difficile, aussi déplaisante qu'elle fût, de nier l'évidence. Le mari de cette dame était l'homme qui avait gagné au Loto sept millions neuf cent quatre-vingt-dix-sept mille six cent quarante et un euros et ne s'était toujours pas manifesté, à trois jours de l'échéance fatale qui rendrait le ticket caduc. Toute la presse était à sa recherche, comme si son apparente volonté de discrétion menaçait le fragile château de cartes du droit à rêver que la Française des jeux avait mis tant de soin à édifier dans l'inconscient collectif. Bien sûr, madame Beaugé réclamait la moitié du gâteau, trois des six chiffres venaient d'elle, n'est-ce pas, cela ne souffrait pas la moindre contestation.

— C'est à cause de moi qu'il ne se montre pas, le salaud. Il ne veut pas partager, il va attendre le dernier moment pour porter son billet en douce et tout garder pour lui.

Une idée traversa le cerveau du détective, qu'il eût été plus sage de garder pour lui.

— À moins qu'il ne l'ait déchiré pour le seul plaisir de jouir de votre frustration.

Elle le regarda comme s'il était le diable.

— Le salaud, le salaud, le salaud ! Il faut absolument le retrouver, monsieur Rose. Si vous parvenez à me le coincer, je vous verse…

Elle eut une hésitation, consulta son compagnon qui semblait terrorisé par la ruineuse perspective de cet appel à un agent de recherches.

— Allez, dit-elle hardiment, je vous verse vingt mille, cash.

— C'est gentil, dit Rose, mais même si je retrouve votre mari, rien ne prouve qu'il consentira à vous verser la moitié de ses gains. Il a payé, le ticket lui appartient. En droit, il est donc libre de faire ce qu'il veut de ses millions. N'importe quel avocat vous répondra comme moi.

Elle accusa le coup et se répandit sur le canapé qui émit un soupir douloureux.

— Vous nous laissez tomber ?

— Je n'ai pas dit cela, dit Rose, c'était juste pour mettre en évidence la difficulté de la chose. Seul un tribunal pourrait trancher. Le fait que vous ne soyez pas divorcée plaide en votre faveur. Par ailleurs, ajouta-t-il après un léger toussotement, dans ce genre d'enquête, il est d'usage de pratiquer le paiement au pourcentage. Voyez-vous madame, ce que vous me proposez est à peine du deux pour mille. Vous ne trouverez personne qui travaillera à moins de quatre pour cent.

Un long silence s'installa pendant lequel les deux concubins échangèrent des regards affolés, l'arithmétique ne devait pas être la matière favorite de leur brève scolarité. Finalement, Raymond prit la parole.

— Y a pas à dire, vous êtes cher, monsieur Rose. C'est que ça va chercher dans les trois cent mille euros, c't'affaire-là !

— Exact, dit Rose conciliant. Mais il vous en restera encore plus de sept millions et demi !

Cette joyeuse perspective relança madame Baugé. Soudain radieuse, elle sauta sur ses pieds, écarta Raymond d'un geste sans équivoque et dit :

— Nous signons, monsieur le détective.

2

Le 28 rue Custine est un immeuble bourgeois récemment ravalé, disposant d'un ascenseur et d'un concierge. Comme l'un n'est pas dans l'autre bien que tout soit dans tout et réciproquement, Rose trouve le gardien dans sa loge, d'où s'échappe une épouvantable odeur de sardines grillées.

— Il est parti, monsieur Baugé, dit-il en montrant le paquet de courrier qui traîne sur une desserte. Depuis quinze jours au moins.

— Vous ne savez pas où je pourrais le joindre ? J'ai un message important à lui transmettre.

— Rien du tout, zéro. Faut vous dire qu'il est pas causant, le Baugé. Il m'a juste demandé de garder son courrier. Mais la pub, tu peux la balancer, qu'il m'a dit. On sait même point quand c'est qu'il va rentrer. Remarquez, à part que monsieur garde ses distances, on n'a aucun problème avec lui.

Le détective a du mal à cacher son désappointement. Le concierge le raccompagne jusqu'à l'entrée.

— Oh, vous êtes pas le premier à chercher après lui. Pas plus tard qu'hier, je vois entrer un petit bonhomme malingre qui me dit qu'il vient de la part de madame Baugé, son ex, soi-disant que le Gérard répondait pas au téléphone. Même qu'il a point voulu me croire quand je lui ai dit qu'il était parti, il voulait jeter un œil dans l'appartement, vous vous rendez compte ?

— Pourquoi, vous avez les clefs ?

— Bien sûr, j'ai un double de tous les locataires. Me dites pas que vous voulez monter aussi. Z'êtes pas huissier au moins ?

— Soyez pas vexant, dit Simon avec un sourire entendu. Ce ne serait peut-être pas une mauvaise idée d'aller voir tous les deux, ce voyage ressemble un peu à une fuite.

Partagé entre la vague conscience du droit des locataires à disparaître comme bon leur semble et la curiosité, le concierge hésite. Pas longtemps. Une minute plus tard, les deux hommes pénètrent dans l'appartement du millionnaire.

Joli trois-pièces au cinquième étage, bien exposé, meublé n'importe comment. Dans le salon plutôt riquiqui trône une énorme télé dernier cri. À l'autre bout, un fauteuil en cuir jaune réglable électriquement autorise, non favorise la somnolence engendrée par l'ingestion de tant d'images cathodiques. Simon s'y laisse tomber pour réfléchir à la situation. Sa main qui pend frôle une brochure qu'il ramasse machinalement : Cabourg, le Grand Hôtel, la promenade Marcel Proust, prix intéressants en basse saison. La furie océane contemplée depuis un confortable fauteuil de cuir jaune, comme à la télé.

Le concierge, après inspection des lieux, n'a rien trouvé d'anormal. Il s'assied face au détective.

— Finalement, comme dit ma femme, le Baugé, il est comme un coq en pâte depuis que la grosse lui a lâché la grappe. Non, c'est vrai, il a un poste en or à la Seita, comme je vous le dis, et il paye point de loyer, c'est appréciable à Paris.

Il ajoute, en réponse au regard étonné de Simon :

— Oui, l'appartement appartient à ses parents, vous saviez pas ? Ils avaient un commerce dans le temps. Quand ils ont vendu, ils sont partis s'installer dans un pavillon en banlieue. Les vieux Baugé ont habité ici plus de vingt ans, avant de céder la place au fiston. Lui, le Gérard, il a que les charges à payer, vous pensez. Pas étonnant qu'il puisse se taper une télé à treize mille euros !

3

Simon n'y croit plus trop, à ce paquet d'euros que pourrait lui rapporter un ticket de Loto qu'un Parisien mal embouché hésite à faire valider. Mais il veut le retrouver, question de principe, et surtout découvrir son cheminement mental. Qu'il refuse de partager le magot avec une épouse qui l'a quitté pour un autre sans doute plus facile à dominer, rien ne l'y oblige et cela peut se comprendre. Mais le détective est persuadé qu'il y a autre chose.

On lui a confirmé à la Seita que Gérard Baugé a pris deux semaines sur ses congés annuels. Alors, à tout hasard, parce que l'envie de quitter Paris et son étouffant confinement est parfois plus forte que toute autre considération, il s'est mis au volant de Béatrice et en avant pour Cabourg.

Au Grand Hôtel, on se souvient d'un monsieur Baugé qui a réservé la semaine et n'est resté qu'une nuit.

— Il faut dire à sa décharge que le client n'a pas eu de chance, il a plu trois jours de suite !

Bien sûr, explique le portier, ce monsieur n'a pas laissé d'adresse. Il fait signe à Rose d'approcher et lui glisse à l'oreille :

— Chaque sou compte, c'est ma devise, et c'est sans doute aussi la sienne.

Le détective n'a pas compris. Mais le frottement discret du pouce et de l'index de son vis à vis ne laisse aucun doute sur la nature du marché qui lui est proposé. Simon tire de sa poche une coupure de cinquantes euros qu'il conserve fermement dans la main.

— Le renseignement d'abord, dit-il.

— Je croyais que notre client avait déguerpi. Eh bien, pas du tout, il est toujours dans le coin, sauf qu'il a changé de crèmerie. Vous voulez savoir où ?

Sa façon de fixer le billet est sans équivoque. Rose le lui abandonne.

— J'habite à deux kilomètres, à Dives. Quand ma femme n'a pas envie de cuisiner, on va manger dans une petite auberge, *Chez le bougnat* que ça s'appelle. Ils louent aussi des chambres. Ce que vous payez au Grand Hôtel pour une nuit, c'est une semaine là-bas. Baugé y dîne tous les soirs.

4

Rose est intrigué. Un homme qui a gagné près de huit millions au Loto n'échange pas le luxe et la vue sur la mer du Grand Hôtel contre le confort sommaire d'un établissement une étoile dans l'intérieur des terres. Ce Gérard Baugé devient une énigme. Peut-être y a-t-il une explication toute simple et triviale ? S'il avait perdu son ticket, par exemple ?

Chez le bougnat est un restaurant de bonne mine, nappes et serviettes blanches, plat du jour et trois menus, une clientèle d'habitués et quelques VRP de passage. Sans même consulter la photo de son mari que lui a confiée sa cliente, Simon a reconnu tout de suite l'heureux gagnant. Il prend place en face de lui. L'homme est petit, replet, le visage rose et poupin. Quand le détective lui adresse la parole pour le féliciter, il pique un fard. Se ressaisit.

— C'est ma femme qui vous envoie, je suppose. Elle n'a pas eu de chance. Avec trois numéros, on n'a rien. Avec six, on est riche. Vous êtes un copain de Raymond ?

— Non, dit Simon en exhibant sa carte professionnelle. Elle m'a engagé pour vous retrouver. Vous voyez comme elle tient à vous.

— Bravo. Comment vous avez fait ?

— Je n'ai pas grand mérite. Un prospectus qui traînait dans votre salon. Madame Baugé estime avoir droit à la moitié.

Là, il éclate de rire.

— La pauvre, dit-il en se tenant les côtes. Elle a joué la date de naissance de Raymond. C'est-y pas rigolo ? La nuit dernière, quand j'y ai pensé, je me suis fait une crampe au mollet gauche, de rire.

Les deux hommes se rapprochent. Baugé commande une bouteille de Saint-Joseph. On trinque.

— Je vais vous dire, monsieur Rose. Les gens qui gagnent au Loto sont de deux sortes : il y a ceux qui le crient sur les toits, qui organisent de grandes fêtes, qui se font prendre en photo et passent à la télé, et il y a ceux qui se cachent de peur de se faire voler ou d'avoir à partager.

— À la Française des jeux, dit Rose, on préfère les premiers, publicité oblige. Mais vous, vous inaugurez une troisième sorte : ceux qui mettent le petit peuple des joueurs en ébullition, non ?

Baugé sourit, assez content du bon tour qu'il joue.

— J'aurais pu toucher mon pactole ni vu ni connu, la pauvre Charlotte n'en aurait même rien su. Ma première réaction a été celle de n'importe qui dans ma situation. J'étais fou de joie. Je suis allé travailler, mais à la pause de midi, j'ai débauché, prétextant une forte migraine. Je me suis promené dans Paris en homme riche à millions. On voit les choses différemment quand on est assis sur un tas d'argent pareil. J'entrais dans des agences immobilières, je me faisais montrer des appartements somptueux dans le septième ou le huitième. On me demandait : vous pouvez mettre combien ? Je disais, l'air blasé, deux, trois millions. Au bout d'un moment, j'en avais la tête qui tournait. J'en ai même visité un, superbe, avenue Montaigne, cinq pièces plein sud, deux salles de bains. En redescendant, j'ai croisé une des résidentes : une vieille couverte de bijoux qui m'a inspecté des pieds à la tête. Je me suis dit : tu vas claquer deux millions pour rencontrer tous les matins cette horrible vieille peau ! Quand je suis rentré chez moi, l'idée de devoir déménager m'a fatigué d'avance. Et puis la rue Custine, j'y suis né, j'y ai grandi, tous mes souvenirs sont là. Je suis attaché à mon trois-pièces, figurez-vous.

— Avec vos gains, dit Rose, vous pouvez garder la rue Custine et acheter une maison, n'importe où. Une villa à Menton, un loft à New York, un voilier à Saint-Martin.

Baugé fixe le détective avec inquiétude.

— Un, j'ai le mal de mer. Deux, qu'est-ce que j'irais foutre à New York ou à Menton comme un retraité ? J'ai trente-huit ans, tous mes amis sont ici, dans le dix-huitième ou à la Seita.

Simon ne partage pas ce point de vue, on s'en serait douté. Ce n'est pas lui qui laisserait filer une telle somme.

— Et vous renoncez à huit millions, comme ça, par peur de changer de vie ! J'avoue que je ne comprends pas. Vous pourriez arroser vos amis, certains en ont peut-être grand besoin, faire du bien autour de vous, donner aux œuvres.

Le caritatif n'est pas sa tasse de thé, Gérard n'y a même pas pensé.

— Attendez, Rose. Je peux changer d'avis, je n'ai pas encore renoncé officiellement. Il me reste jusqu'à demain soir minuit. Le lendemain du jour des appartements, j'ai été pris d'une soudaine envie de rouler en Jag. Il y a un concessionnaire pas loin des bureaux de la Seita. Justement, ils avaient en vitrine un coupé décapotable trois litres bleu nuit, siège en cuir crème, je ne vous dis pas. Quatre-vingt mille, une paille. J'ai fait un tour sur les Champs avec le garagiste, il m'a passé le volant, huit cylindres et deux cent soixante chevaux sous le capot, ça fait une drôle d'impression. N'empêche que j'ai balisé pendant tout le trajet, j'aime pas rouler dans Paris, à tous les coups j'allais froisser une aile ou boxer la voiture devant moi. Tout s'est bien passé, j'ai dit que je venais d'hériter, le temps de foncer à ma banque, le type était prêt à m'y conduire, et voilà que devant le garage, on entend un grand bruit de tôle écrasée : une camionnette qui faisait une marche arrière venait d'empaffer une grosse Mercedes flambant neuve. J'ai dit que j'allais réfléchir.

— Donc vous voilà devenu un sage, dit Rose d'une voix d'enterrement. À trente-huit ans, si c'est pas malheureux.

— Oui, moquez-vous. En tout cas, je me suis dit : y a pas urgence, tout cela mérite d'être sérieusement étudié. J'ai une vie tranquille depuis que Charlotte m'a laissé tomber, un bon job, un appartement qui ne me coûte rien et que mes parents qui ne sont pas dans le besoin non plus vont bientôt inscrire à mon nom par-devant notaire, un livret de caisse d'épargne bien rempli, putain, pourquoi je balancerais tout ça pour une vie de pacha dont je n'ai même jamais rêvé ? Z'êtes pas d'accord, Rose ?

Anéanti par la justesse du raisonnement, Simon ne sait pas quoi répondre. L'autre du reste poursuit gaiement :

— Je n'ai pas songé une minute qu'en ne validant pas mon billet, la presse allait faire de moi une vedette. Même au bureau, on en parlait : le gagnant est peut-être à l'autre bout du monde, ou dans quelque morgue de province, crise cardiaque en apprenant la bonne nouvelle. Moi, je rigolais dans mon coin. Presque tous les jours, ces derniers temps, il était question de ça dans *France-Soir* ou *Le Parisien*.

— J'ai remarqué, dit le détective vexé de s'apercevoir qu'il était plus peiné de perdre trois cent mille euros que l'autre de renoncer à huit millions. Et vous êtes venu vous cacher à Cabourg. Il est curieux que votre épouse, enfin votre ex, n'ait pas pensé à vous livrer aux médias.

— En effet. Cela prouve qu'elle espère toujours. Elle sait bien que si je voyais ma photo dans la presse, elle n'aurait pas un sou. Alors que si demain je choisis de chercher mes millions, elle aura la moitié. Après tout, elle a trouvé trois numéros. Mais je n'ai toujours pas décidé. Vous savez ce qui me gêne le plus : je suis superstitieux. Et si tout cet argent vous portait la poisse ? On a dix fois plus de chance de se tuer en voiture que de toucher le gros lot au Loto. La veine peut tourner en déveine, le hasard qui vous a payé en blanc peut vous payer en noir, et avec les intérêts ! Vous me trouvez lâche ?

Simon fait signe que non. Il a raison sur toute la ligne, le bougre, c'est bien ce qui le chiffonne. Le garçon est plutôt sympathique, il finira par faire un mariage d'amour.

5

Pendant la nuit, Rose rêva que l'homme avait changé d'avis, s'était précipité dès l'ouverture à Château-Rouge, au bar-tabac, pour valider son ticket, et avait tenu à lui porter rue Vaneau, en mains propres et libellé à monsieur Simon Rose détective, un chèque géant de trois cent mille et quarante-cinq euros. Pourquoi quarante-cinq ? Sont bêtes, les rêves, parfois.

Au réveil, encore tout joyeux, Simon descendit au bar du Grand Hôtel, commanda une orange pressée, un grand crème et un croissant. En feuilletant le journal local, il tomba sur la photo de Baugé en première page. Sa femme avait donc fini par le livrer. Par le jeter en pâture à l'opinion, via l'agence France-Presse. En refusant de toucher son lot, Gérard Baugé se comportait en mauvais citoyen et, « quelque part », comme l'écrivait dans son commentaire le rédacteur indigné par une attitude si négative, « l'heureux gagnant portait gravement atteinte au rêve de millions de ses compatriotes ».

Simon en était convaincu, Baugé n'était pas homme à se déjuger. Même si l'envie l'avait pris au dernier moment de réclamer son dû, cette ultime tentative de sa femme de lui forcer la main ne pouvait que le confirmer dans l'idée qu'au fond tout cela était absurde et qu'il était dans le vrai en refusant cette montagne d'argent sale.

Le détective rentra à Paris, triste et amer. Un message l'attendait à l'agence 2007 : madame Baugé voulait savoir où il en était de ses recherches. Il lui téléphona aussitôt.

— J'ai retrouvé votre mari, il semblait prêt à chercher son chèque ce matin et vous en aurait versé la moitié. Hélas, en alertant France-Presse, madame Baugé, vous avez commis une erreur fatale.

Il entendit Charlotte sangloter à l'autre bout du fil et raccrocha, apaisé.

Deux jours plus tard, un coursier déposait un paquet pour madame Charlotte Baugé aux bons soins de monsieur Rose, détective. Simon informa la destinataire qu'elle pouvait retirer son colis aux heures de bureau. Vingt minutes après, elle était là. Habillée de noir, les yeux cernés, le teint blême, elle semblait avoir perdu un être cher. Le travail du deuil serait long, très long. Une vilaine lueur dans le regard, elle espéra un court instant. Elle déchira le papier avec une rage croissante. Une grimace de haine pure lui tordit les traits quand elle découvrit l'objet. C'était une photo de mariage encadrée qu'elle jeta sous les yeux du détective.

— Vous voyez le beau monsieur que c'est, regardez !

Il y avait bien cinquante personnes réunies pour la circonstance. Tout y était, le vert impeccable d'une pelouse au soleil, des messieurs en habit et haut de forme, les marmots intenables, les rires et bousculades. Mais, délicate attention, l'ex de Charlotte avait collé au milieu de la photo, masquant les deux époux, le ticket du Loto désormais périmé.

Le Millénariste

1

On pouvait le dire, ce garçon faisait la fierté de ses parents. Dans le train qui les ramenait de Bâle à Strasbourg ce trente-et-un décembre 1999, Robert T. semblait plongé dans la lecture du dernier John Le Carré, mais en vérité, la plupart du temps, il laissait flotter son regard dans le compartiment, s'attardait un moment sur la vue familière des Vosges aux pentes couvertes de neige, et revenait se fixer sur son fils, assis, ou plutôt étalé en face de lui et sommeillant. Il était conscient de le couver des yeux avec cette adulation un peu ridicule de père comblé que sa femme lui reprochait à juste titre. Thomas, il est vrai, était beau gosse : haute taille (une bonne demi-tête de plus que lui), cheveux blonds, visage franc et avenant. En deuxième année de droit à dix-neuf ans, il suivait sans se tuer à la tâche, trouvait le temps de sortir, de voir ses nombreux copains et, le soir après dix-neuf heures, les filles se succédaient au téléphone pour de longues et tendres bavettes.

— Qu'est-ce que t'as à me regarder comme ça ? Tu vires pédé ou quoi ?

C'était tout lui. Sa voisine, une dame âgée qui l'observait du coin de l'œil depuis Mulhouse, avait sursauté derrière son magazine.

— Toujours aussi aimable, dit son père pour la forme. Tu pourrais faire un effort de civilité un soir comme celui-là.

— Me bassine pas avec l'an 2000 et le troisième millénaire. On en a jusque-là, les journaux en sont pleins, la télé déborde. Tout ça, papa, c'est de la connerie pour attardés mentaux dans ton genre.

La vieille rapprocha son magazine de sa figure, ou l'inverse. Monsieur T. préféra ne pas avoir entendu.

— Avoue tout de même que ça n'arrive pas tous les soirs ! Au fait, fiston, ta tante t'a donné combien ?

— Cinq cents, comme d'habitude.

— Suisses ?

Évidemment, dit le haussement d'épaules de Thomas, qui congédia son père en refermant les yeux. Il dormirait jusqu'à Strasbourg, sûr.

2

Assis dans un café près de la gare, Simon Rose regardait distraitement dans la rue. Un homme rond et chauve traversait avec son fils, un grand dadais de douze ans, qu'il tenait par le bras. Ils avaient l'air aussi idiots l'un que l'autre. Idiots, mais heureux. Le père d'être père. Le fils, d'être avec son père. En une seconde, ils avaient disparu de son champ de vision.

Le détective relut pour la troisième ou quatrième fois le billet dactylographié que lui avait remis, sans commentaire, le commissaire Petitdemange quand ils s'étaient rencontrés rue de la Nuée-Bleue à propos d'une récente affaire d'accident de chasse.

Dans la nuit de la Saint-Sylvestre, deux de nos concitoyens verront leur temps de parole définitivement épuisé, le premier dans les dernières minutes précédant la fin du deuxième millénaire, le second aux tout premiers instants du troisième. On trouvera la série courte, mais le fait d'avoir tué une fois par millénaire suffit à mon bonheur. Je n'ai donc pas l'intention de récidiver au cours des siècles prochains. Bien sûr, pour ce qui est du quatrième millénaire, je ne jure de rien.

C'était signé : *Le Millénariste.*

Rose avait connu un tueur à périodicité mensuelle, il opérait le cinq du mois. Aux États-Unis, un autre, annuel, ne fut localisé et et arrêté qu'au bout de quarante ans et autant de victimes. On avait connu des assassins de la pleine lune, mais le serial killer du millénaire, ça, on ne lui avait jamais fait.

Le type avait de l'humour, mais la police prit le message au sérieux. Les scientifiques étudièrent l'enveloppe, le grain et la provenance du papier : rien que de très ordinaire. On identifia la machine à écrire utilisée, une vieille Remington, des centaines d'exemplaires devaient dormir dans les greniers de Strasbourg et des environs.

La lettre avait été postée de la gare aux alentours de dix-huit heures, comme des milliers d'autres. Rien ne permettait de remonter jusqu'à l'expéditeur.

Une simple plaisanterie ? Il fallait l'espérer. Dans le cas contraire, le millénariste finirait tôt ou tard par comprendre qu'il se trompait d'une année. Le troisième millénaire commençait en effet le premier janvier 2001.

3

Ils étaient bien une centaine de garçons et de filles de seize à vingt ans qui s'agitaient, sono à fond, dans la salle paroissiale du Neuhof. Peu avant minuit, Thomas envoya Julie, qui ne l'avait pas lâché d'une semelle depuis le début de la soirée, lui chercher un Coca au bar sans alcool que tenait l'abbé Fillinger. Il sortit d'un pas tranquille, contourna le bâtiment sans croiser âme qui vive et sauta sur sa moto. Trois minutes plus tard, il grimpait quatre à quatre jusqu'au troisième étage du bloc où résidait la famille T.

Son père et sa mère étaient comme d'habitude assis sur le canapé en cuir brun en face de la télévision en train de boire leur tisane. Thomas se campa en face d'eux et masqua son accablement par une grimace qui les fit rire. Sur l'écran, dégoulinant d'euphorie festive au milieu d'un paquet de jolies filles à fesses nues, l'animateur en habit et nœud-pap annonçait l'an deux mille pour dans cinq minutes. Ses parents étaient étonnés de voir leur fils rentrer à la maison, mais si contents qu'il leur fît la surprise de passer en coup de vent pour leur souhaiter la bonne année.

— Je vais nous chercher un flacon de tokay vendanges tardives, dit son père avec l'entrain d'un automate brusquement réactivé. Il reste du foie gras. Enlève ton blouson et tes gants, t'as bien cinq minutes.

Pendant qu'il descendait à la cave, sa mère courut à la cuisine lui préparer des toasts. Thomas la suivit et, à vingt-trois heures cinquante-huit exactement, lui enfonça en pleine poitrine le poinçon qu'il cachait dans une poche de sa veste. Il n'avait toujours pas retiré ses gants. Poinçonnée au cœur, elle souriait encore en le regardant et s'écroula sans un cri.

Quand Thomas revint au salon, les premières détonations saluaient l'an 2000. Il décrocha le vieux fusil de chasse accroché au-dessus du piano, héritage de l'oncle Charles que son état sacerdotal – il avait fini chanoine tout de même – n'empêchait pas à l'occasion de chatouiller lièvres et faisans. Son père remontait tout essouflé en brandissant une bouteille couverte de poussière.

— Tu m'en diras des nouvelles. Ah non, tu ne vas pas t'y mettre aussi !

Son fils introduisait une cartouche de douze millimètres dans la chambre.

— Fais gaffe, Thomas. Si tu savais le nombre d'accidents qu'il y a chaque année avec des gens qui tirent en l'air. Les plombs, mon garçon, ça retombe.

— Papa, tu as dépassé ton temps de parole. Et qui t'a dit que j'allais tirer en l'air ?

C'était du Thomas tout craché. Robert T. faillit s'étouffer de rire, mais ce n'était rien, son fils le calma en lui explosant le crâne. Minuit cinq, le contrat était rempli, Juliette devait le chercher avec son Coca. Il remonta sur sa moto et fonça dans la nuit.

4

Un qui n'avait pas festoyé cette nuit-là, c'était Simon Rose. Le détective n'était pas en mission officielle, il n'attendait rien ni personne. Malgré le froid coupant, il avait marché du côté de la Petite France et des Ponts couverts. Marché, beaucoup marché dans la ville pour retrouver des sensations anciennes. Peu avant minuit, il téléphona ses vœux à sa mère, restée à Paris. Elle était déjà couchée, les pieds sur sa bouillotte. Et surtout ne prends pas froid, disait-elle.

La cathédrale, au tournant de la rue Mercière, prise de plein fouet. Toujours ce choc, face à la façade. Un songe immobile de feu pétrifié. Une telle foi, une telle ferveur qui narguait les siècles. Comme semblait dérisoire et factice à ses pieds le tintamarre de la Saint-Sylvestre ! Avec un an d'avance (2000 est un chiffre rond), le bon peuple fêtait le tournant du millénaire, trinquait et dansait sur la place comme au Moyen-Âge.

Simon chercha à imaginer la même scène aux premiers instants de l'an 3000, mais n'y parvint pas. Peut-être l'humanité aurait-elle disparu. Ou alors, les rares survivants de l'époque, devenus de purs esprits immortels, se seraient détachés de la matière ? Y aurait-il seulement un quatrième millénaire ? Cette pensée acheva de le fatiguer. Il dormit comme un loir.

Deux jours plus tard, dans le train qui le ramenait à Paris, Rose apprit en lisant les DNA qu'un jeune homme de dix-neuf ans avait tué ses parents dans la nuit de l'an neuf, la mère juste avant minuit, le père un peu après. Ce que craignait le commissaire s'était donc bel et bien produit. Pas de chance pour l'apprenti millénariste : une voisine, l'œil vissé derrière l'œilleton de sa porte blindée, l'avait formellement reconnu dans l'escalier et son absence à la fête paroissiale n'avait pas échappé à plusieurs de ses copains.

Pourquoi choisir ses parents pour saluer le troisième millénaire ? Thomas les aimait bien pourtant.

— Je les avais sous la main, expliqua le jeune homme.

Table

Première parution dans

**Bleu, blanc, sang*, Fleuve Noir, 2002.

** *Villefranche ville noire*, Zulma, 1997.

*** *Les Dernières Nouvelles de Strasbourg*,
28 janvier 1999.

les enquêtes rhénanes

Des romans policiers au format de poche

Dans la même collection :

1 – **Jacques Fortier** *Sherlock Holmes et le Mystère du Haut-Koenigsbourg*

2 – **Grégoire Gauchet** *Meurtres bio au château*

3 – **Pierre Marchant** *Le Pays des cendres*

4 – **Christine Muller** *Les Aventures alsaciennes de Sherlock Holmes*

5 – **Bernard Fischbach** *Le Venin du mort*

6 – **Jacques Fortier** *Quinze jours en rouge*

7 – **Claude Peitz** *L'Assassin des deux rives*

8 – **Bernard Nuss** *Série noire à l'abattoir*

9 – **Joël Henry** *Pêche mortelle à Strasbourg*

10 – **Grégoire Gauchet** *L'Avalanche*

11 – **Arnault Pfersdorff** *La Femme sans ombre*

12 – **François Hoff** *Les Mystères de Strasbourg*

13 – **Jacques Fortier** *Dessine-moi un loup*

14 – **Pierre Kretz** *Le Disparu de la route des vins*

15 – **Bernard Nuss** *Strasbourg city blues*

16 – **Claudio Ponté** *L'Homme de Fessenheim*

17 – **Franklyn Pell** *La Colline du Pendu*

18 – **Claude Peitz** *Les Amants du lac Vert*

19 – **Max Genève** *Le Détective*

Et en bande dessinée :

Roger Seiter & Giuseppe Manunta

Sherlock Holmes et le Mystère du Haut-Koenigsbourg,

d'après le roman de Jacques Fortier,

et

Sherlock Holmes - Retrouvailles à Strasbourg

Certifié PEFC

Ce produit est issu de forêts gérées durablement et de sources contrôlées.

PEFC™
10-31-1470

pefc-france.org

Ouvrage réalisé sur des papiers issus de forêts gérées durablement.

Première édition

—

Achevé d'imprimer en décembre 2014
par Sepec à Péronnas (France) - 10503141201
Dépôt légal 1er trimestre 2015
ISBN 978-2-84574-176-8

—

Composé en *Arno Pro* par Le Verger Éditeur
Couverture de Vlou – www.vlou.net

Le Verger Éditeur – 67140 Barr – France

—

IMPRIM'VERT®